Franziska Gehm

Das Hexenkraut

Ein Abenteuer aus der Zeit der Hexenverfolgung

dtv junior
Tigerauge

Schau mit dem Auge des Tigers!

Sei wachsam und mutig, denn auf Dich warten große Abenteuer. Tauch ein in die Welt der Ritter! Du bist dabei, wenn Mammuts gejagt werden! Du erlebst, wie ein Schatz aus der Tiefe des Meeres gehoben wird! Sei neugierig auf die Welt und entdecke ihre Geheimnisse in spannenden Geschichten. Willst Du noch mehr erfahren? Dann schau genau hin: In den vielen Bildern steckt eine Menge Wissen zu Deinen Lieblingsthemen. dtv junior Tigerauge – das sind Bücher für Kinder mit Durchblick.

Franziska Gehm wurde 1974 in Sondershausen geboren. Nach ihrem Studium in Deutschland, England und Dänemark arbeitete sie bei einem Wiener Radiosender, an einem Gymnasium in Dänemark und bei einem Kinderbuchverlag. Heute lebt sie als Autorin und Übersetzerin mit ihrer Familie in München. Sie hat mittlerweile zahlreiche Kinder- und Jugendbücher veröffentlicht, die in viele Sprachen übersetzt wurden. Eines ihrer Jugendbücher war 2009 für den Hansjörg-Martin-Preis nominiert.

Peter Knorr wurde 1956 in München geboren und lebt heute als freischaffender Illustrator mit seiner Familie in Nierstein am Rhein. Er hat viele Bilderbücher gezeichnet, noch mehr Bücher ausgestattet und zusammen mit seiner Frau Doro Göbel auch eigene Buchprojekte verwirklicht.

Doro Göbel, geboren 1958, studierte Kunsterziehung in Mainz und arbeitet seit 1986 als freischaffende Künstlerin und Illustratorin. Sie ist mit Peter Knorr verheiratet. Das Paar hat schon mehrere Bände der Reihe Tigerauge ausgestattet.

Franziska Gehm

Das Hexenkraut

Ein Abenteuer aus der Zeit der Hexenverfolgung

Mit Illustrationen
von Peter Knorr und Doro Göbel

Deutscher Taschenbuch Verlag

Von Franziska Gehm
sind außerdem bei dtv junior lieferbar:
Dem Mammut auf der Spur. Ein Abenteuer aus der Eiszeit
Tränenengel

Weitere Abenteuer aus der Reihe ›dtv junior Tigerauge‹
unter www.dtv-tigerauge.de

Umschlagkonzept: Ralph Bittner
Umschlagbild: Peter Knorr
Lektorat: Tanja Poestges
Herstellung: Stephanie Lütje
Gesetzt aus der Caslon 12,5/16˙
Satz: Greiner & Reichel, Köln
Druck und Bindung: Druckerei C.H. Beck, Nördlingen
Gedruckt auf säurefreiem, chlorfrei gebleichtem Papier
Printed in Germany · ISBN 978-3-423-76008-9

Inhalt

Eine gefährliche Bitte

Jakob hatte fast die ganze Nacht wach gelegen. Er hatte auf den flachen, unregelmäßigen Atem seiner Mutter gehört. Seit nunmehr zwei Wochen hatte sie das Bett nicht mehr verlassen. Sie war blass, die Wangen waren eingefallen. Ihre einst glänzenden, braunen Haare waren strähnig und klebten an ihrer Stirn. Die immer freundlichen, großen, dunkelbraunen Augen, die Jakob von ihr geerbt hatte, wirkten matt und müde. Meistens jedoch hielt Jakobs Mutter die Augen geschlossen. Seit ein paar Tagen war sie sogar zu schwach, um alleine den Kopf zu heben.

»Jakob?«, drang eine leise Stimme durch die Kammer, die noch im Halbdunkel der Morgendämmerung lag.

Sofort war Jakob auf den Beinen. Mit zwei großen Schritten war er bei der Bettstatt seiner Mutter. Er kniete sich hin und nahm ihre Hand. Sie war kalt und kraftlos. »Was ist?«

»Geh –«, Jakobs Mutter atmete schwer, »geh zur Schwarzleiberin.«

Jakob sah seine Mutter verstört an.

Sie schloss einen Moment die Augen. »Geh zu ihr. Sie allein kann uns jetzt noch helfen. Meine Kräfte verlassen mich. Wir haben sonst keine Hoffnung mehr.«

Jakob zog die Augenbrauen zusammen. »Aber die Schwarzleiberin … sie bringt Unheil.«

»Mag sein«, sagte Jakobs Mutter. »Sie hat jedoch auch vielen Kindern auf die Welt geholfen und versteht sich auf Kräuter und Tinkturen. Geh zu ihr, Jakob. Sonst bin ich gewiss des Todes.«

Jakob legte seine Wange auf die Hand seiner Mutter. Einen Moment verharrte er so. Dann stand er auf und nickte. »Ist gut, Mutter. Ich hole die Schwarzleiberin.«

Jakobs Mutter lächelte kaum merklich.

Niemals würde Jakob ihr eine Bitte ausschlagen. Auch wenn sie ihm noch so abwegig vorkam. Er zog sich das Wams über und verließ die Hütte. Obwohl der Mai sich schon dem Ende zuneigte, war es noch kühl. Die Bauern in den umliegenden Dörfern fürchteten, dass es auch dieses Jahr keine gute Ernte geben würde. Bereits in den letzten Jahren waren die Winter lang und die Sommer so nasskalt gewesen, dass das Getreide auf den Halmen verfaulte. Jakob fasste sich an den Bauch. Sein Magen knurrte. Er konnte sich nicht daran erinnern, wann er zum letzten Mal richtig satt gewesen war. Seit Monaten gab es nur noch Brei aus Hirse, Hafer oder Buchweizen.

Zielstrebig lief Jakob durch die Gassen seiner kleinen Heimatstadt Harzenstein. Die Schwarzleiberin wohnte am Rand der Stadt. Hinter ihrer Hütte hatte sie einen kleinen Kräutergarten. Daran schloss direkt ein dichter Tannenwald an. Kurz bevor er die Hütte der Schwarzleiberin erreichte, verlangsamte er seine Schritte. Er kniff die Augen zusammen und musterte die Hütte argwöhnisch. Über die Schwarzleiberin hatte er schon viel gehört. Nicht nur Gutes.

Plötzlich flog neben ihm eine Tür auf. Die Frau des Schuhmachers trat mit einem Nachttopf in der Hand hinaus. »Jakob! Wo willst du denn so früh hin?« Die Schuhmacherin leerte den Nachttopf schwungvoll am Gassenrand aus, bevor sie sich ihre Haube zurechtrückte.

Jakob zögerte. Am liebsten wäre ihm, dass niemand erfuhr, zu wem er gerade unterwegs war. Er kratzte sich hinter dem Ohr und dachte angestrengt nach, was er der Schuhmacherin antworten sollte. Er sah die Gasse entlang, zum Himmel hinauf, zum Haus der Schwarzleiberin und auf seine abgewetzten

Füßlinge. Aus dem linken ragte seine schmutzige große Zehe heraus.

Die Schuhmacherin beobachtete ihn genau. »Willst du etwa zu der?« Sie zeigte auf das Haus der Schwarzleiberin.

Jakob nickte. Er war kein guter Lügner. »Meine Mutter liegt im Sterben.«

»Das tut mir leid.« Die Schuhmacherin strich Jakob über das zerzauste Haar. »Möge Gott ihr beistehen.« Dann richtete sie den Blick auf die Hütte der Schwarzleiberin. »Aber die wird dir nicht helfen. Im Gegenteil. Mag sein, dass die Schwarzleiberin besondere Kräfte hat. Aber ich sage dir, Jakob, es sind böse Kräfte. Die Schwarzleiberin wendet Unheil nicht ab, sie bringt es.«

Jakob sah die Schuhmacherin mit großen Augen an. »Wieso sagen Sie so etwas? Hat die Schwarzleiberin nicht bei der Geburt Ihrer Kinder geholfen?«

Die Schuhmacherin sah Jakob fest in die Augen. »Ja. Das hat sie. Aber von meinen sechs Kindern sind vier wenige Tage nach der Geburt gestorben.«

Jakob blickte zu Boden.

»Ich weiß, wie sehr du dir wünschst, deine Mutter möge gesund werden. Und ich weiß, dass die

Schwarzleiberin so manchen Todkranken kuriert haben soll.« Die Schuhmacherin beugte sie sich zu ihm und flüsterte: »Aber weißt du, was ich glaube?«

Jakob schüttelte den Kopf.

»Ich glaube, dass jemand, der heilen kann, auch krank machen und den Tod bringen kann.« Die Schuhmacherin nickte energisch und richtete sich wieder auf.

»Trotzdem. Die Schwarzleiberin ist unsere letzte Hoffnung«, erwiderte Jakob.

Die Schuhmacherin sah Jakob mitfühlend an. »Gott ist eure Hoffung. Bete für deine Mutter, Jakob«, sagte sie leise und ging zurück ins Haus.

Jakob atmete tief ein. Natürlich betete er für seine Mutter. Jeden Tag. Mehrmals. Das hatte er auch für seinen Vater, seinen Bruder und seine beiden Schwestern getan. Bei ihnen hatte es nicht ausgereicht. Nein, Jakob konnte nichts unversucht lassen. Er würde zur Schwarzleiberin gehen. Auch wenn ihm die vielen Geschichten, die man sich über sie in der Stadt erzählte, Angst machten. Auch wenn sie eine Hexe war.

Wann lebte Jakob?

Die Geschichte von Jakob spielt ungefähr 1625, in einer Periode, die man Frühe Neuzeit nennt. Deutschland bestand damals aus vielen Kleinstaaten und hieß Heiliges Römisches Reich Deutscher Nationen. 1618 brach ein Krieg aus, der 30 Jahre dauern sollte. Es war ein Religionskrieg zwischen katholischen und protestantischen Anhängern. Er brachte viel Zerstörung, Seuchen und Hungersnöte über das Land. Zusätzlich veränderte sich in dieser Zeit das Klima, heute nennt man dies auch die kleine Eiszeit. Sie führte zu mehreren Missernten. Viele Menschen starben, sodass in manchen Regionen die Bevölkerungszahl auf die Hälfte absank.

Menschenaugen und Mumienhand

»Seit wann, sagst du, plagt deine Mutter das Fieber?« Die Schwarzleiberin stand nur einen Schritt von Jakob entfernt. Sie musterte ihn mit ihren stechend blaugrünen Augen. Jakob hatte das Gefühl, die Schwarzleiberin konnte in ihn hineinsehen. Sie sah seine Gedanken, seine Sorgen und seine Angst. Ihm wurde beinahe schwindelig. Noch nie hatte er solche klaren, betäubenden Augen gesehen.

»Seit über einem Monat«, erwiderte er schließlich. Sein Mund war trocken. Seine Stimme wie die einer Maus.

»War Dr. Rothaupt bei ihr?«

Jakob nickte. »Er hat einen Aderlass gemacht. Er hat gesagt, damit wird das Gleichgewicht zwischen den vier Säften wiederhergestellt. Zwischen Blut, Schleim, gelber … ähm …«

»Gelber Galle und schwarzer Galle.«

Jakob nickte. »Aber es hat nichts geholfen.«

»Natürlich nicht«, sagte die Schwarzleiberin leise, mehr zu sich selbst als zu Jakob.

Während die Schwarzleiberin Jakob weitere Fragen zur Krankheit seiner Mutter stellte, sah er sich unauffällig in dem kleinen Haus um. Neben der Stube gab es noch eine Küche und eine Kammer. In der Stube stand ein einfacher Holztisch mit einem Stuhl und einem Schemel. Auf dem Tisch stand eine Tranfunzel. Daneben lag ein Unterkleid, das die Schwarzleiberin scheinbar gerade ausbesserte. Auf dem Schemel lag ein dickes Buch. Es war aufgeschlagen, die Seiten sahen abgenutzt aus. Bis auf eine Zeichnung, die einen Menschen darstellte, konnte Jakobs nichts erkennen. Er konnte nicht lesen.

An der Wand stand eine Truhe, darüber hing ein Regal. Es war voller Holzschalen, irdener Krüge, Töpfe und kleiner Tongefäße. Soweit Jakob es erkennen konnte, waren die Schalen mit getrockneten Pilzen, Früchten, Samen und Blüten gefüllt. Eine Schale war größer als die anderen. Darin lagen walnussgroße, helle Kugeln. Auf einmal beschlich Jakob eine schreckliche Befürchtung: Waren das Menschenaugen? Jakob schluckte und wandte den Blick ab.

Auf einem flachen Holzteller lag etwas, das wie eine riesengroße, behaarte, schwarze Spinne aussah. Jakobs Blick wanderte zum obersten Regalfach. Er riss die Augen auf. Für Sekunden verschlug es ihm

Ein kurzes Leben

In der Frühen Neuzeit starben viele Menschen früh an Krankheiten, manche Babys kurz nach der Geburt. Das lag vor allem an der fehlenden Hygiene, der schlechten Ernährung und der mangelnden medizinischen Versorgung. Die ärmeren Leute aßen mit den Händen und säuberten sie mit Brot, da Handtücher nur in gehobenen Kreisen bekannt waren. Man war damals der Meinung, dass ein gewisses Maß an Schmutz notwendig sei. Müll wurde einfach auf die Straße gekippt oder in die Flüsse. Die häufigste Speise der armen Leute war Hafergrütze. Dazu trank man dünnes Bier, selbst die Kinder.

Es gab in dieser Zeit nur wenige Ärzte, und die armen Leute gingen lieber zum Bader oder Wundarzt. Der Bader war zuständig fürs Haareschneiden, Rasieren, Zähneziehen, den Aderlass oder das Einrenken von Gliedern. Der Wundarzt war das, was heute ein Chirurg ist. Er galt aber als Handwerker und arbeitete oft beim Militär.

den Atem. Lag dort etwa eine … eine Mumienhand? Er hatte davon gehört, dass Hexen getrocknetes Menschenfleisch für ihre Salben verwendeten. Jakob schüttelte sich und strich sich über den Arm. Er hatte Gänsehaut. Am liebsten hätte er sich mit einem Ruck umgedreht und wäre aus dem Haus gerannt. Doch er stand wie mit dem Steinboden verwachsen in der Stube der Schwarzleiberin. Er konnte sich nicht bewegen und brachte keinen Ton heraus.

Unauffällig spähte er in die Küche. Von der Decke hingen allerhand getrocknete Pflanzen. Manche kannte Jakob, andere wirkten geheimnisvoll und fremd. Am Türrahmen lehnte ein Besen. Jakob musterte ihn genau. Er sah nicht anders aus als alle anderen Besen. Aber das hatte nichts zu bedeuten. Es war gut möglich, dass die Schwarzleiberin mit genau diesem Besen durch die Nacht flog. Jakob stellte sich vor, wie es wäre, in der Luft zu schweben und über die Städte, Dörfer, Felder und Berge hinwegzufliegen. Bei dem Gedanken breitete sich ein Kribbeln in seinem Bauch aus.

»Einverstanden?« Die Schwarzleiberin riss Jakob aus den Gedanken.

Jakob fuhr sich durch die zerzausten Haare. »Ja. Nein. Womit?«

»Wir gehen zu deiner Mutter. Ich untersuche sie. Aber ich kann nicht versprechen, dass ich ihr auch helfen kann.«

Jakob nickte und die Schwarzleiberin lächelte kurz. Eigentlich, fand Jakob, sah sie gar nicht wie eine Hexe aus. Er hatte sich eine Hexe immer ganz anders vorgestellt: mit roten, unbändigen Haaren, verführerischen Augen und blasser Haut. Die Schwarzleiberin hatte die langen, schwarzen Haare zu einem Zopf geflochten. Sie war groß, schlank und hatte ein herzliches, offenes Gesicht. Ihre Wangen leuchteten rosarot. Doch Jakob wusste, dass er sich vom Äußeren nicht täuschen lassen durfte.

»Ich komme mit«, erklang auf einmal eine Stimme.

Jakob sah zur Kammer. Im ersten Moment dachte er, ein Junge würde im Türrahmen stehen. Doch als er genauer hinsah, erkannte er ein Mädchen. Es war vielleicht ein oder zwei Jahre älter als er.

»Das ist Marthe, meine Tochter«, sagte die Schwarzleiberin.

Jakob nickte Marthe zu. Sie starrte stur zurück. Sie war groß und dünn, hatte eckige Schultern und ähnelte mit den kurzen, schwarzen, struppigen Haaren dem Besen der Schwarzleiberin. Ihre kantige Nase wollte nicht so recht zu den weichen Lippen passen.

Sie hatte die gleichen stechend blaugrünen Augen wie ihre Mutter. Bei Marthe lagen sie tiefer in den Augenhöhlen und schienen umso mehr zu glühen.

Jakob war sich sofort sicher, dass er sich mit dieser Marthe nicht so schnell anfreunden würde. Wenn überhaupt jemals. Vielleicht war das auch besser so.

Die Schwarzleiberin schlang sich ein Wolltuch um die Schultern und öffnete die Tür. »Gehen wir.«

Die Gassen der Kleinstadt hatten sich mittlerweile mit Leben gefüllt. Boten, Söldner, Mägde, Handwerker, Kaufleute und Hausierer waren auf den Beinen. Jakob bemerkte, dass einige Leute der Schwarzleiberin und ihrer Tochter verächtliche Blicke zuwarfen. Andere musterten sie angsterfüllt. Keiner grüßte die beiden. Nur an einer Straßenecke kam ein alter Mann direkt auf die Schwarzleiberin zugelaufen. Jakob kannte ihn. Es war der alte Zaubel. Er war einst Hofmusiker gewesen. Doch jetzt zitterten seine Hände so sehr, dass er die Tasten auf dem Cembalo nicht mehr richtig traf.

Er umschloss die Hand der Schwarzleiberin mit beiden Händen und schüttelte sie unentwegt. »Ich danke dir. Tausend Dank!« Das lange, graue Haar des alten Zaubel wehte, als er sich vor der Schwarzleiberin verneigte wie vor einer edlen Hofdame.

Die Schwarzleiberin zog den alten Mann am Arm wieder hoch. »Deiner Tochter geht es also besser?«

Der alte Zaubel nickte. »Viel besser. Wie kann ich dir nur jemals danken? Wo du doch das Kostbarste, was ich habe, gerettet hast.«

Marthe verschränkte die Arme. »Du kannst nicht zahlen?«

»Schon gut«, sagte die Schwarzleiberin. »Zahl mich später aus, wenn bessere Zeiten anbrechen.«

Der alte Zaubel strich der Schwarzleiberin über den Arm. »Danke. Gott möge dich vor Unrecht und Unheil beschützen.«

Die Schwarzleiberin drückte die Hand des alten Mannes, dann eilten sie weiter.

»Er wird niemals zahlen«, zischte Marthe.

»Hätte ich die junge Elsche deswegen sterben lassen sollen?«, fragte die Schwarzleiberin leise, doch Jakob hörte es dennoch.

»Nein, natürlich nicht«, erwiderte Marthe. »Aber von danke, danke, danke werden wir nicht satt.«

Bei dem Gedanken, dass die Schwarzleiberin einen Lohn fordern würde, krampfte sich Jakobs leerer Magen zusammen. Sie hatten ihren letzten Taler Dr. Rothaupt gegeben. Auch Jakob würde die Schwarzleiberin auf später vertrösten müssen, sollte sie ihre Mutter heilen. Sollte sie – allein darauf kam es jetzt an.

»Wir sind da«, sagte Jakob und trat ins Haus. »Wartet kurz hier.«

Jakob ging in die Kammer. »Mutter? Die Schwarzleiberin ist hier«, sagte er leise. Die Mutter öffnete kurz die Augen. »Danke.« Sie nickte.

Jakob ging zurück in die Stube. »Ihr könnt zu ihr.« Die Schwarzleiberin verschwand sofort hinter dem Leinentuch, das im Türrahmen hing.

Marthe sah sich um. »Wohnst du alleine mit deiner Mutter hier?«

Jakob nickte langsam.

»Wo ist dein Vater?«, fragte Marthe.

»Er ist … nicht mehr da.«

Marthe setzte sich im Schneidersitz auf einen Schemel. »Ist er ein Leichtfuß? Das war mein Vater nämlich.«

»Ein Leichtfuß?« Jakob runzelte die Stirn. »Glaub nicht. Er ist … er ist tot. Er war krank, genau wie meine Geschwister. Dr. Rothaupt meinte, es wäre eine Seuche gewesen.«

Marthe sah Jakob ernst an. »Der Schwarze Tod?«

Jakob zuckte mit den Schultern und blickte auf seine Zehen. »Kann sein.« Er mochte es nicht, wenn

Marthe ihn mit ihren blaugrünen Augen so genau ansah. Und er mochte nicht an den Tod von seinem Vater und seinen drei Geschwistern denken.

In dem Moment wurde der Leinenvorhang aufgeschlagen und die Schwarzleiberin trat in die Stube. Sie wischte sich mit dem Handrücken über die Stirn und wich Jakobs Blick aus, der erwartungsvoll auf ihr lag.

Marthe ging zu ihrer Mutter. »Und?«, fragte sie leise.

»Deine Mutter ist sehr stark, Jakob. Aber die Krankheit hat sie entsetzlich geschwächt«, sagte die Schwarzleiberin. »Vielleicht können wir ihr Blut mit Bärenkraut und Feuerkraut reinigen und das Fieber mit Bocksbart senken. Hier«, sie reichte Jakob einen kleinen Stoffbeutel, »mach deiner Mutter damit einen Tee.«

Jakob nahm den Beutel und roch daran. Puh, war das widerlich! Schlimmer als der Nachttopf der Schuhmacherin. Jakob bemühte sich, nicht die Nase zu rümpfen.

Eine Sekunde sah es aus, als huschte über Marthes Gesicht ein Grinsen.

»Die eigentliche Krankheit aber sitzt in den Lungen«, fuhr die Schwarzleiberin fort. »Es kann sein, dass es deiner Mutter nach dem Tee etwas besser geht. Aber die Krankheit wirklich bezwingen können wir nur mit einer ganz besonderen Tinktur.«

»Was ist das für eine Tinktur? Könnt Ihr sie machen?«, fragte Jakob.

Die Schwarzleiberin wiegte den Kopf. »Ich könnte sie machen, würde mir nicht die wichtigste Zutat fehlen: der rote Himmelsschlüssel, auch Blutkraut genannt.«

»Dann sammle ich einfach etwas von diesem Blutkraut«, sagte Jakob.

»Das ist nicht so leicht. Schon seit vielen Sommern ist das Blutkraut von den Wiesen und Wäldern rund um unsere Stadt verschwunden. Die letzten dieser Kräuter habe ich in einer einsamen Schlucht hinter dem Höllengebirge gesehen. Die Leute nennen sie Todesschlucht.« Die Schwarzleiberin sah Jakob abwägend an. »Es ist ein weiter Weg. Und er ist nicht ungefährlich.«

Jakob war noch nie in der Todesschlucht gewesen. Aber er hatte viele Geschichten über diese unheimliche Schlucht gehört. Man erzählte sich, wilde Tiere würden dort hausen und auf den Gipfeln des Höllengebirges um die Schlucht herum träfen sich Hexen zum Tanz mit dem Teufel.

Jakob biss sich auf die Unterlippe. Das Blutkraut war vielleicht die einzige Rettung für seine Mutter. Doch bis zur Todesschlucht waren es gut drei Tage Fußmarsch. Überall lauerten Gefahren. Was, wenn Räuber über ihn herfielen? Oder wilde Tiere? Was, wenn er sich im Wald verlief oder in den Bergen stürzte, sich verletzte und selber erkrankte? Was, wenn er den Hexen in die Hände fiel? Dann wäre er für immer verloren. Seine Mutter würde denken, er hätte sie im Stich gelassen. Sie würde einsam sterben.

Bis jetzt hatte Jakob seine Heimatstadt noch nie verlassen. Er war nicht besonders stark, nicht besonders schlau und vor allem nicht besonders mutig. Sogar die zwei großen Hunde des Landherrn machten ihm Angst. Und jetzt sollte er ganz alleine zur Todesschlucht aufbrechen, die dunklen Wälder durchstreifen, die Nacht alleine im Wald verbringen und sich bis hinter das Höllengebirge wagen. Jakob sah kurz zum Leinenvorhang, hinter dem seine Mutter im Sterben lag. Er schloss die Augen und presste die Lippen aufeinander. Wäre er doch nur nicht so ein erbärmlicher Feigling!

»Ich komme mit«, sagte Marthe auf einmal.

»Was?«, riefen Jakob und die Schwarzleiberin wie aus einem Mund.

Marthe zuckte mit den Schultern. »Jakob weiß doch noch nicht einmal, wie das Blutkraut aussieht. Außerdem kenne ich den Weg.«

Die Schwarzleiberin musterte ihre Tochter nachdenklich. Dann nickte sie.

Aufbruch ins Höllengebirge

»Können wir nicht eine kurze Pause machen?« Jakob blieb stehen. Sie waren schon seit Stunden unterwegs. Meistens bergauf. Er stützte sich mit beiden Händen auf den Knien ab und sah zu Marthe. Schweiß lief über seine Stirn, die Haare waren verklebt. Seine Füße, die nur in dünnen Lederfüßlingen steckten und das lange Laufen über Wiesen, Steine und Waldböden nicht gewohnt waren, schmerzten.

Marthe lief ein paar Schritte vor ihm. Sie drehte sich um und setzte den Mantelsack ab, den sie abwechselnd trugen.

»Schwächling. Ich dachte, du willst das Blutkraut so schnell wie möglich finden.«

»Will ich auch.« Eigentlich war Jakob froh, dass Marthe ihn auf dem gefährlichen Weg ins Höllengebirge begleitete. Er war froh, dass er nicht alleine war. Aber er war überhaupt nicht froh darüber, wenn ihn jemand Schwächling nannte. Schon gar nicht ein Mädchen. Jakob verschränkte die Arme. »Wenn ich keine Pause mache, schaffe ich es auf keinen Fall heute noch bis oben.«

Marthe schirmte ihre Augen mit der flachen Hand ab und sah zum Himmel. Unauffällig wischte sie sich dabei den Schweiß von der Stirn. »Es ist fast Mittag. Einverstanden, ruhen wir uns kurz aus.«

Jakob setzte sich neben Marthe auf einen Stein und blickte ins Tal hinab. Dort unten lag seine Heimatstadt. Von hier oben sahen die Häuser ganz klein aus, als würden Puppen darin wohnen. Jakob kniff die Augen zusammen und versuchte, sein Haus zu finden. Aber es gelang ihm nicht. Wie es seiner Mutter wohl ging? Er hatte die Nachbarin gebeten, sich um sie zu kümmern, solange er weg war. Auch die Schwarzleiberin wollte ab und zu vorbeisehen.

Jakob war noch immer unwohl bei dem Gedanken, seine Mutter mit dieser Frau alleine zu lassen. Vielleicht gab es dieses Blutkraut gar nicht und die Schwarzleiberin hatte Jakob nur weggeschickt, um ihre Hexenkünste ungestört auszuüben. Und warum begleitete ihn Marthe freiwillig in die Todesschlucht? Zunächst hatte Jakob sich nur darüber gefreut. Doch langsam wunderte er sich auch. Er schielte unauffällig zu ihr hinüber. Marthe öffnete gerade den Mantelsack. Vielleicht, schoss es Jakob durch den

Kopf, war auch sie eine Hexe. Womöglich führte sie ihn direkt zum Hexentanz auf die Berggipfel!

»Hier«, sagte Marthe und hielt Jakob ein Stück Fladen hin.

Jakob sah auf das Fladenstück und zögerte. Was, wenn der Fladen verhext war?

»Hast du keinen Hunger? Nimm schon.« Marthe drückte Jakob das Fladenstück in die Hand und biss selbst von einem anderen Stück ab.

Jakob sah Marthe einen Moment beim Kauen zu. Dann hielt er es nicht mehr aus. Er stopfte sich den harten Fladen in den Mund.

»Bis es dunkel wird, müssen wir es bis kurz unterhalb der Gipfel schaffen«, sagte Marthe.

Jakob schluckte das letzte Stück Fladen herunter. Er blickte den steilen Hang hinauf. »Ganz schön weit.«

Marthe zuckte mit den Schultern. »Sooo weit ist es gar nicht. Es sieht nur weit aus. Ich würde am liebsten immer weiter, einmal um die ganze Welt herum.«

»Wollte ich auch mal«, sagte Jakob. »Na ja, zumindest in ein paar andere Städte.«

»Und jetzt willst du nicht mehr?« Marthe sah Jakob erstaunt an.

Jakob hob ein Stöckchen auf und kratzte damit

auf dem Boden. »Ich wollte bei meinem Vater in die Lehre gehen. Tischler werden, wie er. Danach wollte ich auf Wanderschaft gehen. Aber jetzt …«

»Vielleicht kannst du bei einem anderen Tischler als Lehrling anfangen.«

Jakob nickte zögernd. Dann warf er den Stock weg. »Und du? Willst du irgendwo als Magd arbeiten?«, fragte Jakob.

»Ich will Arzt werden«, erwiderte Marthe.

»Arzt?« Jakob sah Marthe mit großen Augen an. »Aber … du bist eine Frau.«

»Meine Mutter ist auch eine Frau und heilt die Menschen genauso gut wie jeder Arzt«, gab Marthe zurück.

»Dann bringt sie dir all ihre … ihre Künste bei?«, fragte Jakob.

Marthe nickte.

Wenn die Schwarzleiberin eine Hexe war und Marthe bei ihr in die Lehre ging – war sie dann auch eine Hexe? Auf einmal gab Jakobs Magen ein seltsames Geräusch von sich. Jakob fasste sich mit der Hand an den Bauch. War das der verhexte Fladen? Er lauschte in sich hinein. Bis jetzt ging es ihm gut. Der Fladen hatte ganz normal geschmeckt. Er war nur etwas hart gewesen.

»Und du? Willst du unbedingt Tischler werden?«

Jakob stülpte die Lippen nach außen. »Weiß nicht.«

»Was kannst du denn gut?«, fragte Marthe.

Jakob überlegte eine Weile. Wie jedes Kind half er viel im Haushalt. Er sammelte Brennholz. Er holte Wasser vom Brunnen. Er hatte auf seine kleinen Geschwister aufgepasst. Aber das konnte jedes Kind. Es gab allerdings eine Sache, die nicht jedes Kind konnte. »Schwimmen.«

Marthe zog die Augenbrauen hoch. Ihre Augen leuchteten. »Du kannst wirklich schwimmen?«

»Vor ein paar Sommern habe ich am Harzensteinersee einen Gesellen getroffen. Er hieß Merten und war auf Wanderschaft. Merten hat mir das Schwimmen beigebracht. Es war ganz einfach. Wir sind um die Wette geschwommen und getaucht.«

Marthe legte den Kopf schräg. »Wenn du richtig gut schwimmen kannst, kannst du vielleicht Wächter des Sees werden.«

»Oder Froschjäger«, sagte Jakob und machte ein Froschgeräusch.

Marthe blies die Backen auf. »Oder Seeungeheuer.« Sie lachten beide.

Dann reichte Marthe ihm einen Krug mit dünnem

Schule oder Gänse hüten?

Damals sprach man nur bis ungefähr zum 10. Lebensjahr von Kindern. Sie mussten dem Vater streng gehorchen und Prügel waren keine Seltenheit. Meistens wuchsen sie in einer großen Gemeinschaft aus Familie, Mägden und Knechten auf. Die Kinder nahmen früh am Leben der Erwachsenen teil und halfen im Haushalt, sammelten z.B. Feuerholz, hüteten Gänse oder bereiteten das Essen mit zu. Es gab keine Schulpflicht. Die Kinder der Bauern und einfachen Leute wurden zu Hause als Hilfe gebraucht. Für die Handwerkerkinder war es wichtig, Lesen und Schreiben zu erlernen.

Bier. Jakob trank, ohne zu zögern. Wenn Marthe wirklich eine Hexe wäre, hätte sie ihn doch schon längst verzaubert. Oder? Wozu sollte sie sich erst einen Berg hinaufquälen? Außerdem könnte sie dann einfach ins Höllengebirge fliegen. Das hätte Jakob zumindest gemacht. Er sah auf seine durchgescheuerten Lederfüßlinge und seufzte.

Marthe band den Mantelsack zu und reichte ihn Jakob. »Wir müssen weiter, wenn wir noch vor Einbruch der Dunkelheit einen Schlafplatz finden wollen.«

Jakob schulterte den Mantelsack. Bei dem Gedanken an seine erste Nacht im Freien kam ihm der Sack gleich doppelt so schwer vor.

Den ganzen Tag liefen sie über Wiesen, kämpften sich durch dichte Wälder, streiften über Lichtungen und kletterten über Felsbrocken. Nach und nach wurden die Bäume kleiner, die Blumen und Gräser spärlicher. Sie näherten sich dem Kamm des Höllengebirges.

Die Sonne war bereits untergegangen, als Jakob den Mantelsack unter einer kleinen, verkrüppelten Bergkiefer abwarf. Der Boden darunter war moosbewachsen und ein großer Felsbrocken bot Schutz vor

Wind und Regen. Der Himmel verfärbte sich bereits dunkelblau. In wenigen Minuten brach die Nacht an.

Marthe und Jakob teilten sich zum Abendessen eine Schale Weizenmus. Danach räumten sie das restliche Gepäck und die spärliche Verpflegung aus dem Mantelsack. Sie legten sich auf das Moos und breiteten den Mantelsack über sich als Decke aus.

Jakobs Fersen und Fußsohlen waren aufgerieben. Seine Beine zitterten. Der lange Marsch hatte ihn vollkommen erschöpft. Er war so müde, dass er am liebsten sofort in einen tiefen Schlaf gefallen wäre. Dennoch versuchte er verzweifelt, die Augen aufzuhalten. Je mehr sich die Dunkelheit über den Berg legte, desto mehr unheimliche Schatten und Geräusche nahm Jakob wahr. Da! Huschte dort nicht eine gebückte, schwarze Gestalt am Fels vorbei? Und was war das? Hatte nicht eben ein Ast geknackt? Was war das für ein Heulen? War es ein wildes Tier oder nur der Wind?

Jakob hatte den Mantelsack bis zur Nasenspitze gezogen. Bei jedem Geräusch zuckte er zusammen.

»Kannst du nicht schlafen?«, fragte Marthe.

»Mir ist nur kalt«, antwortete Jakob schnell. Noch einmal würde ihn ein Mädchen nicht Schwächling nennen.

»Stell dir vor, du bist ein Brot im Ofen. Dann wird dir warm.«

Jakob wollte kein Brot sein. Er wollte zu Hause sein. In der Kammer bei seiner Mutter. Aber das sagte er Marthe lieber nicht.

»Gute Nacht«, erwiderte Jakob und drehte sich zur Seite.

Marthe gähnte. »Ebenfalls.« Kurz darauf war ihr gleichmäßiger Atem zu hören.

Jakob lag wach und starrte beklommen in die Nacht. Sie war voller unheimlicher Geräusche, Gerüche und schattenhafter Bewegungen. Wie konnte Marthe nur einfach schlafen? Jeden Moment konnte sich ein hungriges Rudel Wölfe auf sie stürzen. Oder eine schwer bewaffnete Räuberbande. Die Leute erzählten sich über das Höllengebirge die unheimlichsten Geschichten. Nicht nur Wölfe, Bären und Räuber hausten hier, sondern auch wilde Bestien, grausame Nachtgestalten und andere teuflische, heimtückische Wesen. Vielleicht waren sie ganz in ihrer Nähe. Dann waren ihnen Jakob und Marthe hilflos ausgeliefert. Sie hatten keinerlei Waffen zur Verteidigung. Wäre Marthe eine Hexe, dann könnte sie wenigstens ihre magischen Kräfte einsetzen und auf einem Besen davonfliegen. Mit diesem Gedanken schlief Jakob schließlich doch ein. Er träumte von einem Backofen.

Nur eine Stunde später fuhr er mit einem Ruck hoch. Ein unheimliches Geräusch hatte ihn aus dem Schlaf gerissen. Die Haare standen ihm im Nacken zu Berge, hastig sah er sich nach allen Richtungen um. Er war von vollkommener Dunkelheit umgeben. Der Mond war hinter einer großen Wolke verschwunden. Jakob blieb stocksteif sitzen und lauschte. Hatte er nur geträumt? Auf einmal hörte er Steine klacken. Jakob wagte kaum zu atmen. Er starrte weiter in die Finsternis und tastete neben sich nach Marthe. »Wach auf«, flüsterte er. »Jemand ist hier.«

Doch seine Hand griff ins Leere. Marthe war verschwunden! Einen Moment war Jakob wie gelähmt. Was sollte er jetzt tun? Alleine hierbleiben und auf Marthe warten? Was, wenn sie niemals zurückkam? Was, wenn eine wilde Bestie sie verschleppt hatte oder sie Wegelagerern in die Hände gefallen war? Was, wenn sie seine Hilfe brauchte?

Einen Moment schloss Jakob die Augen und holte tief Luft. Dann streifte er langsam den Mantelsack zurück. Am liebsten hätte er sich in ein Erdloch verkrochen und gebetet. Doch er nahm all seinen Mut zusammen und stand leise auf. Er zögerte, dann ging er vorsichtig zwei Schritte den Berg hinauf.

»Marthe?«, rief er mit gedämpfter Stimme. Um ihn herum blieb alles still. Jakob hatte auf einmal das Gefühl, jemand beobachtete ihn. Er spürte, wie ihm etwas langsam über den Nacken lief. Im ersten Moment dachte er, es wäre eine Spinne. Doch dann wurde ihm bewusst, dass es sein eigener, kalter Schweiß war.

Er bückte sich langsam und tastete auf dem Boden nach etwas, das er als Waffe benutzen konnte. Er fand nur einen Stein, so groß wie ein Apfel. Fest umschloss er ihn mit der Hand, bereit, ihn jederzeit seinem Feind entgegenzuschleudern.

Noch immer war der Mond von einer Wolke verdeckt. Jakob konnte kaum die eigenen Hände vorm Gesicht erkennen, so dunkel war es. Sein Herz hämmerte in seiner Brust. Er tastete sich mit vorsichtigen Schritten vorwärts, den Berg hinauf. Der Ruf eines Nachtvogels erklang, Jakob zuckte zusammen. Beinahe wäre ihm der Stein aus der Hand gerutscht. Wieder sah er sich nach allen Richtungen um. Und wieder sah er nichts als Finsternis.

Plötzlich hörte er ein seltsames Geräusch. Es klang, als würde etwas über eine Steinfläche gleiten.

Kurz darauf klackten Steine aneinander. Dicht hinter ihm. Jakob fuhr herum. Nichts. Nur schwarze, tiefe Nacht. Hatte er selbst die Steine losgetreten? Eine Weile stand Jakob unentschlossen da. Wie sollte er Marthe in dieser Finsternis finden? War es nicht besser, zum Lager zurückzukehren? Vielleicht war Marthe bereits wieder dort. Aber … wo war das Lager eigentlich? Jakob hatte sich so oft gedreht und dabei nur auf Geräusche und Schatten geachtet, dass er die Orientierung verloren hatte.

»Marthe!«, rief er verzweifelt. Seine Stimme klang dünn und verloren.

Keiner antwortete ihm. Vor dem tiefblauen Nachthimmel zeichneten sich die Berge ab. Dunkel und starr schwiegen sie ihn an.

Auf einmal hörte Jakob wieder dieses seltsame Geräusch – als würde sich jemand oder etwas über eine Steinfläche ziehen. Zögerlich wagte er einen Schritt in die Richtung, aus der das Geräusch gekommen war. Er ahnte mehr, als er sehen konnte, dass er vor einem gewaltigen, dunklen Fels stand. Etwas lauerte bei diesem Fels auf ihn, das spürte er. Etwas Gefährliches. Etwas, das sich jeden Moment auf ihn stürzen konnte.

Jakob klebte die Zunge am Gaumen. Er hatte die

Augen weit aufgerissen, doch dadurch sah er auch nicht besser. Seine Hände waren kalt und feucht. Er spürte seine Beine nicht mehr. Als seine Zähne zu klappern begannen, presste er die Lippen fest aufeinander.

Ganz langsam ging er noch einen Schritt vorwärts. Genau in dem Moment trat der Mond hinter den Wolken hervor und ließ sein kühles Licht auf den Berg fallen. In letzter Sekunde sah Jakob, wie etwas von oben auf ihn herabschoss. Es hatte die Arme wie Fänge ausgebreitet, kreischte wie ein unbändiges Tier und hatte die gierigen, eiskalten Augen weit aufgerissen.

Nachtgestalten

Die Bestie stürzte sich auf Jakob, riss ihn zu Boden, hielt ihn mit den Klauen fest umklammert, während sie im Taumel bergabwärts strauchelten. Sie schrie Jakob direkt ins Ohr. Der Schrei ging ihm durch Mark und Bein. Jakob merkte gar nicht, dass er ebenfalls schrie. Noch immer hielt er den Stein in der Hand fest umklammert. Es gelang ihm, den Arm auszustrecken und auszuholen. Gerade, als er der Bestie den Stein mit ganzer Wucht an den Kopf schleudern wollte, rutschte der ihm aus der feuchten Hand. Dennoch traf er sein Ziel, wenn auch nicht ganz so heftig.

»AUAAA!«, schrie die Bestie. Sie ließ Jakob los und fasste sich an den Kopf. »Bist du verrückt? Beinahe hättest du mein Auge getroffen!«

Jakob rappelte sich auf und starrte die Bestie an, die am Boden hockte. »DU?«

Marthe rieb sich den Kopf. »Wer denn sonst?«

»Ich dachte, du bist eine … ein …«

»Was? Ein Räuber? Ein Bär? Oder eine Hexe?«

Jakob verschränkte die Arme. »Wieso jagst du mir

auch so einen Schrecken ein?« Er beäugte Marthe argwöhnisch. Eben, als sie sich vom Felsen auf ihn gestürzt hatte, hatte sie wirklich wie eine Bestie ausgesehen. Oder wie eine Hexe. Diese unheimlichen Augen. Und dieser Schrei. Jakob fröstelte allein bei der Erinnerung daran.

»Und wieso wirfst du mir gleich einen Stein an den Kopf?«

»Ich dachte, du wolltest mich umbringen.« Jakob kniete sich neben Marthe. Er zögerte einen Moment. Dann strich er über die Stelle, an der Marthe der Stein getroffen hatte. Er spürte eine Beule. »Es tut mir leid.«

»Schon gut«, sagte Marthe und fügte leise hinzu: »Mir tut es auch leid. Dass ich dich erschreckt habe, meine ich.« Dann breitete sich ein Grinsen auf ihrem Gesicht aus. »Aber du musst zugeben, dass ich ziemlich gut war als Nachtschreck, oder?«

Jakob verzog den Mund zu einem schiefen Grinsen und nickte.

»Du hättest dein Gesicht sehen sollen«, fuhr Marthe fort. »Weiß wie Kalk! Und deine Hände haben gezittert.«

»Und du hättest deine Augen sehen sollen«, erwiderte Jakob. »Und dein Schrei! Wie eine Hexe.«

Marthe lachte. Doch dann bemerkte sie, dass Jakob sie verstohlen musterte. »Was ist los? Hast du etwa Angst vor mir? Glaubst du, ich bin wirklich eine Hexe?«

Es kam Jakob vor, als schimmerten Marthes Augen traurig. »Blödsinn«, sagte er schnell.

Marthe nickte bestimmt. »Das wäre richtig großer Blödsinn. Ich bin keine Hexe. Und meine Mutter ist auch keine. Oder hast du meine Mutter schon einmal mit einem Besen herumfliegen sehen?«

Jakob schüttelte den Kopf.

»Na also.«

»Aber die Leute in der Stadt reden über deine Mutter. Sie glauben, sie hat schwarze, magische Kräfte. Der Gerber hat gesagt, sie hat seine Felle verdorben, und die Stangen-Trine hat erzählt, sie hätte ihrer Tochter furchtbare Warzen angehext.«

»Alles erstunken und erlogen.« Marthe nahm einen kleinen Stein in die Hand und warf ihn den Hang hinab. »Mit dem Gerber hat meine Mutter überhaupt nichts zu schaffen. Das ist es wahrscheinlich, was den Gerber ärgert, und deshalb erzählt er die Geschichte mit den verdorbenen Fellen. Und die Stangen-Trine … Es stimmt, meine Mutter hat bei der Geburt ihrer Tochter geholfen. Ich war dabei.

Und ich kann bezeugen, dass die kleine Mette mit furchtbaren Warzen zur Welt kam. Aber daran war gewiss nicht meine Mutter schuld.«

»Wieso bist du dir so sicher?«, fragte Jakob.

»Weil meine Mutter sich niemals von Gott abwenden und einen Bund mit dem Teufel eingehen würde, um magische Kräfte zu erlangen. Sie ist eine gottesfürchtige Frau. Sie will den Menschen helfen, kein Unheil bringen.«

»Und was ist mit all den anderen Geschichten? Neulich auf dem Markt habe ich gehört, wie zwei Bauern erzählten, die Schwarzleiberin hätte durch einen Schadenszauber ihre Ernte verdorben.«

Marthe schnaufte. »Der Hagel hat die Ernte verdorben, nicht meine Mutter.«

»Die Bauern sagen, sie hätte den Hagel herbeigehext.«

»Vielleicht hat der Teufel persönlich den Hagel geschickt. Meine Mutter war es jedenfalls nicht. Sie kann überhaupt kein Wetter machen. Sie versteht sich nur auf Kräuter.«

Jakob fragte mit belegter Stimme: »Und was macht sie mit den Menschenaugen, die sie sammelt, oder mit der riesengroßen Spinne? Und mit der Mumienhand?«

»Menschenaugen?« Marthe sah Jakob entsetzt an.

»Bei euch zu Hause im Regal in der Holzschale. Die Spinne lag auf einem flachen Teller und die Mumienhand lag im obersten Regalfach.«

Marthe stutzte. Dann grinste sie kurz. »Das ist keine Mumienhand, sondern ein alter Zunderpilz an einem Holzscheit. Die Spinne ist eine ganz normale Wurzel. Und die Menschenaugen, die du gesehen hast, das sind alte Schneckenhäuser. Glaub mir, meine Mutter ist ebenso wenig eine Hexe wie deine Mutter.«

Als Marthe Jakobs Mutter erwähnte, fiel ihm mit einem Mal wieder ein, warum sie hier waren. Im Moment war unwichtig, ob die Schwarzleiberin eine Hexe war oder nicht. Sie war die Einzige, die Jakobs Mutter helfen konnte. Ob sie es mit Magie oder Kräutern tat, war Jakob egal, solange seine Mutter nur am Leben blieb. »Lass uns schlafen«, sagte Jakob. »Wir haben morgen noch einen weiten Weg vor uns.«

Marthe stand auf und hielt Jakob am Arm fest. Sie sah ihm tief in die Augen. »Glaubst du mir? Glaubst du mir, dass meine Mutter keine Hexe ist?«

Jakob hielt Marthes Blick ein paar Sekunden stand. Dann wandte er sich ab, ohne eine Antwort zu geben.

Was ist eine Hexe?

Heute wird eine Hexe meist als bucklige, alte Frau mit Warzen dargestellt. Vor dem 19. Jahrhundert galt eine Hexe als eine schöne, verführerische Frau mit Zauberkräften. Im 15. Jahrhundert kam der Glaube auf, die Hexen würden eine Sekte bilden und strebten die Weltherrschaft an. Man meinte sie an bestimmten Merkmalen zu erkennen, so glaubte man z. B., sie cremten sich mit Flugsalbe ein und flögen, sie träfen sich mit dem Teufel und anderen Hexen, hätten Geschlechtsverkehr mit dem Teufel und übten einen Schadenszauber aus, indem sie etwa die Ernte verdarben. Verdächtig waren besonders alleinstehende Frauen, Hebammen oder Apothekerinnen.

Auf der Flucht

Als sie am nächsten Morgen aufwachten, fielen die ersten Tropfen aus dicken, dunkelgrauen Wolken. Schnell packten sie ihre Sachen in den Mantelsack und machten sich auf den Weg zum Gipfel. Der Regen nahm zu und die Tropfen prasselten unablässig auf sie herab. Jakob hingen die nassen Haare ins Gesicht, von seiner Nase liefen die Regentropfen und seine Kleider waren vollkommen durchnässt. Bei jedem Schritt quoll Wasser aus den Lederfüßlingen. Es war schwer, auf dem glatten, nassen Felsgestein Halt zu finden. Mehrmals rutschten die beiden aus. Es gelang ihnen zum Glück immer, sich in letzter Sekunde mit den Händen abzufangen.

Am liebsten hätte sich Jakob bei einem Felsen untergestellt und gewartet, bis das Unwetter vorbei war. Aber dazu hatten sie keine Zeit. Sie mussten es heute über den Gipfel und bis ins nächste Tal schaffen, wollten sie am nächsten Tag die Todesschlucht erreichen.

Den ganzen Weg über wechselten Jakob und

Marthe kaum ein Wort. Es war schwer, sich bei dem peitschenden Regen und dem rutschigem Untergrund zu unterhalten. Jakob war sich jedoch nicht sicher, ob es nur daran lag. Vielleicht nahm es ihm Marthe auch übel, dass er ihr gestern nicht geantwortet hatte. Doch selbst wenn Jakob gewollt hätte, konnte er ihr nicht antworten. Er wusste die Antwort einfach selbst nicht.

Als sie den Gipfel endlich erreichten, tobte das Unwetter noch immer. Sie konnten weder eine Pause einlegen noch die Aussicht genießen. Sofort kletterten Jakob und Marthe auf der anderen Seite ins Tal hinab. Allmählich ließ der Regen nach. Der Wind flaute ab. Zwar jagten sich am Himmel noch immer die Wolken, aber die ganz dunklen hatten sich aufgelöst. Die Bäume wurden wieder höher und standen dichter. Der Boden war von Moos und Gräsern bewachsen.

»Hier«, sagte Marthe und hielt Jakob den Mantelsack hin. »Nimm du. Ich muss mal kurz verschwinden.« Mit diesen Worten trat Marthe hinter ein Gebüsch.

Jakob schulterte den Mantelsack und ging langsam weiter. Die Muskeln in seinen Beinen brannten noch von dem beschwerlichen Aufstieg. Während er jetzt über Steine, Äste und Gräser bergab lief, zitterten seine Knie. Die nasse Kleidung klebte an seinem Körper. Er war erschöpft, müde und hatte Hunger. Sobald sie eine kleine Lichtung fanden, würden sie Pause machen.

Auf einmal nahm Jakob aus den Augenwinkeln eine Bewegung war. Hinter ihm knackte ein Ast. Er blieb sofort stehen. Beinahe hätte er sich umgedreht. Aber den Gefallen wollte er Marthe nicht tun. Er würde kein zweites Mal auf sie hereinfallen.

Deutlich hörte er dicht hinter sich ein Geräusch. Es klang wie ein tiefes Schnaufen.

»Marthe. Lass den Blödsinn!«, sagte Jakob. Er ging langsam weiter, ohne sich umzudrehen.

Wieder knackte ein Ast. Dann war ein dunkles Röcheln zu hören.

Eins musste man Marthe lassen: Sie war wirklich gut darin, unheimliche Geräusche zu machen. »Marthe, hör auf! Ich lasse mich nicht noch mal von dir zum Narren halten.« Jakob ging weiter. Er spitzte die Lippen und pfiff ein Lied vor sich hin. Marthe sollte bloß nicht denken, sie könnte ihm Angst machen.

Plötzlich hörte er hinter sich stapfende, schwere Schritte. Dann erklang ein grimmiges Brüllen, Jakob spürte einen Lufthauch und wirbelte im letzten Moment herum. Er riss die Augen auf, ließ den Mantelsack fallen und schnappte nach Luft. Direkt vor ihm, nur eine Armlänge entfernt, stand ein ausgewachsener Bär.

Einen Moment war Jakob wie gelähmt. Er starrte den Bären an, sah das zottelige Fell, den stämmigen Körper, die Füße mit den gewaltigen, scharfen Krallen, die breiten, kräftigen Schultern, die kurzen, aufgerichteten Ohren und die lange Schnauze, die der Bär weit aufgerissen hatte. Seine Zähne waren gelblichweiß, scharf wie Klingen und riesengroß. Jakob wusste, dass ihn der Bär mit einem einzigen Biss in den Nacken töten konnte.

Auf einmal hob der Bär eine seiner gewaltigen Tatzen. Jakob erwachte aus seiner Erstarrung. Er wirbelte herum und stürmte geradewegs den Hang hinunter. Er sprang über Steine, Äste und Erdhügel. Er ruderte mit den Armen, hatte die Augen weit aufgerissen, sein Atem überschlug sich beinahe. Gräser peitschten um seine Beine, Zweige schlugen ihm ins Gesicht. Dicht hinter sich hörte er ein Schnaufen und Knurren. Äste knackten, Geröll löste sich. Der Bär war ihm auf den Fersen.

Jakob sah weder nach rechts noch nach links. Er

drehte sich nicht um. Er dachte noch nicht einmal daran. Er rannte, rannte, rannte. Seine Knochen, die Muskeln, die Haut – alles schmerzte. Jakob hatte das Gefühl, sein ganzer Körper stünde in Flammen. Bald würde ihm die Kraft ausgehen. Er würde ins Straucheln kommen. Er würde stürzen. Was dann?

Ohne nachzudenken, rannte Jakob weiter bergab, er rannte um sein Leben.

Der Bär folgte ihm mit Leichtigkeit. Ihm machten die Äste, Steine und Erdhügel nichts aus. Er war schneller als Jakob und kräftiger. Und er war hungrig. Der Abstand zwischen ihm und Jakob wurde immer kleiner. Der Bär holte mit der Tatze aus, verfehlte Jakobs Ferse nur haarscharf und brüllte enttäuscht.

Schweiß rann Jakob über den Rücken. Er lief so schnell, dass sich seine Beine beinahe überschlugen. Er hatte die Kontrolle über sie verloren. Er sprang mitten durch ein Gebüsch. Die Zweige zerkratzten sein Gesicht. Er verlor das Gleichgewicht, fing sich aber im letzten Moment und raste weiter. Bei jedem Atemzug fuhr ein stechender Schmerz in seine Brust.

Plötzlich spürte er etwas an seinem Fuß. Jakob biss die Zähne aufeinander und beschleunigte noch einmal.

Der Bär brüllte vor Wut, als seine Tatze Jakobs Fuß abermals nur knapp verfehlte. Er hatte Jakobs Füßling gestreift und ein Stück Leder von der Ferse abgerissen.

Jakob wusste, dass es jeden Augenblick um ihn geschehen war. Er konnte nicht schneller rennen. Er konnte sich nirgendwo verstecken. In allerletzter Sekunde tauchte ein Felsbrocken direkt vor ihm auf. Jakob machte einen gewaltigen Satz und sprang darüber. Doch statt dahinter sicher auf dem Boden aufzukommen, stürzte er auf einen Erdhügel, der direkt hinter dem Felsen lag. Er knickte um, ruderte mit den Armen, taumelte, landete auf den Knien und fiel schließlich mit ausgestreckten Armen auf die Kuppe des Erdhügels. Er hatte so viel Schwung, dass er sich mehrmals überschlug, wie ein Kiefernzapfen den Erdhügel hinabrollte, über Gesteine, Gräser, Moos und an Bäumen und Büschen vorbei, und erst zwischen einem Baum und einem Gesteinsbrocken auf dem Bauch liegen blieb.

Sein Gesicht steckte in einer feuchten Bodenmulde, seine Knie waren aufgeschürft, seine Handflächen brannten. Doch all das machte Jakob nichts aus. Er lag steif wie ein Baumstamm auf dem Waldboden und lauschte. Er hörte, wie der Bär näher kam. Ganz gemächlich, als wäre er sich seiner Beute sicher.

Jakobs erster Gedanke war, wegzulaufen. Aber dazu hatte er keine Kraft mehr. Der Bär hätte ihn nach drei Schritten eingeholt. Einen Moment dachte Jakob daran, auf den Baum zu klettern. Doch Bären sind sehr gute Kletterer. Jakob wusste auch, dass es sinnlos wäre, den Bären anzugreifen. Womit auch? Mit den bloßen Händen? Der Bär war so stark wie fünf Soldaten zusammen. Was sollte Jakob tun?

Plötzlich verstummten die schweren Schritte, das Knacken der Äste und das Rollen der Steine. Jakob versteifte sich noch mehr. Der Bär musste ganz in seiner Nähe sein. Da! Er spürte etwas Warmes an seinem Bein. Dort, wo ein Ast seine Hose zerrissen hatte. Es war der Atem des Bären. Jakob schloss die Augen, presste die Lippen aufeinander und unterdrückte einen Aufschrei. Der Bär schnupperte an seinem Bein. Die feuchte Nase des Bären kitzelte auf Jakobs nackter Haut. Jeden Moment würde er seine scharfen Hauer in Jakobs Bein bohren.

Der Bär stupste ihn mit einer Tatze in die Seite, als wollte er mit ihm spielen. Jakob rührte sich nicht. Auf einmal spürte er die Schnauze des Bären im

Nacken. Er wusste: Mit einem Biss konnte der Bär ihn töten. Jakob stemmte die Stirn in die kühle Erdmulde und betete. Am liebsten wäre er ganz im Erdboden versunken. Oder hätte sich in einen Ast verwandelt. Oder wäre davongeflogen, wie eine Hexe.

In dem Moment vernahm er ein Geräusch. Es kam von einem Tier. Jakob war sich sicher, dass er es schon einmal gehört hatte. War das eine Rehgeiß, die ihr Kitz rief? Auch der Bär hatte das Geräusch gehört. Er hielt inne, ließ die Schnauze über Jakobs Nacken schweben und lauschte.

Das Geräusch hallte noch einmal durch den Wald. Der Ruf der Rehgeiß war jetzt drängender. Der Bär hob den Kopf. Langsam drehte er sich nach dem Laut um. Jakob blieb stocksteif liegen. Erst jetzt bemerkte er, dass er die letzten Sekunden über den Atem angehalten hatte. Vorsichtig sog er Luft ein.

Ein Ast knackte. Der Bär drehte den Oberkörper um. Zum dritten Mal stieß die Rehgeiß ihren Lockruf aus. Zögernd machte der Bär zwei Schritte in ihre Richtung. Dann verharrte er. Er sah zu Jakob, der regungslos auf dem Boden lag. Als der Ruf der Rehgeiß zum vierten Mal durch den Wald schallte, wandte sich der Bär von Jakob ab, lief gemächlich über ein paar Erdhaufen, bis er schließlich im Laufschritt hinter mehreren Bäumen und Büschen verschwand.

Jakob wagte es noch immer nicht, sich zu rühren. Der Bär konnte jeden Moment zurückkommen. Außerdem war sich Jakob nicht sicher, ob er sich überhaupt bewegen konnte, selbst wenn er wollte. Seine Beine waren weich wie warmes Kerzenwachs, seine Arme spürte er kaum noch. Sein Kopf war schwer wie eine Kanonenkugel. Am liebsten wollte Jakob einfach liegen bleiben. Schlafen. Aufwachen. Und alles war nur ein Traum.

Auf einmal raschelte es dicht neben ihm und im selben Moment spürte er etwas Warmes an seiner Schulter.

»Jakob? Bist du noch am Leben? So rühr dich doch!«

Jakob hob den Kopf. »Marthe!« Er richtete sich auf und fiel ihr in die Arme. Noch nie hatte er sich so gefreut, einen vertrauten Menschen wiederzusehen.

»Dem Himmel sei Dank! Du lebst!« Marthe strich ihm über den Rücken. »Ich dachte schon, der Bär hätte dich in Stücke gerissen.«

»Hätte er auch beinahe.« Jakob spürte die Angst von sich abfallen wie eine schwere Ritterrüstung.

»Bist du verletzt?«, fragte Marthe und stützte Jakob beim Aufstehen.

Er begutachtete seinen Körper. Seine Kleider und Füßlinge waren zerschlissen, Handflächen und Knie aufgeschürft und blutig. Vorsichtig bewegte er Arme, Kopf, Beine und Füße. »Glaub nicht«, sagte er schließlich.

»Komm, setzen wir uns dort.« Marthe führte Jakob zu einem Baumstamm.

»Hast du den Bären gesehen?« Jakobs Stimme zitterte noch etwas.

»Ja«, erwiderte Marthe. »Und ich habe gesehen, wie du genau das Richtige gemacht hast.«

»Aber ich habe doch gar nichts gemacht.«

»Genau. Du hast dich tot gestellt.«

»Hm. Na ja. Irgendwie schon.« Jakob kratzte sich im Nacken. Dort, wo der Bär eben noch mit seiner Schnauze geschnüffelt hatte.

»Der Bär war ganz dicht an dir dran. Und du hast noch nicht einmal gezittert.« Marthe sah Jakob nachdenklich an. »Du bist kein Schwächling. Das war blöd von mir. Ein Schwächling hätte das nie im Leben ausgehalten.«

Jakob winkte schnell ab. »Ich hatte nur Glück, dass eine Rehgeiß in der Nähe war.«

»Eine Rehgeiß?« Marthe sah Jakob erstaunt an.

»Da war dieses Geräusch. Es war eindeutig eine Rehgeiß. Der Bär hat sie auch gehört.«

»Ach so. *Dieses* Geräusch.« Marthe sah auf ihre Füße und lächelte geheimnisvoll. Dann machte sie wieder ein ernstes Gesicht. »Auf jeden Fall ist der Bär weg. Und wir sind beide noch am Leben. Ich finde, wir haben uns eine Pause verdient.« Sie öffnete den Mantelsack, den sie aufgehoben hatte, wo Jakob ihn hatte fallen lassen.

Marthe und Jakob teilten sich einen Fladen und aßen ein paar Beeren. Sie sprachen über ihre Lieblingsspeisen, über ihre Heimatstadt und über ihre Haustiere. Nur über Hexen und Bären redeten sie nicht.

Allmählich fühlte Jakob sich besser und sie setzten ihren Weg fort. Sie stiegen weiter ins Tal hinab, bis sie zu einem Bach kamen. Marthe sah mit zusammengekniffenen Augen in den Himmel, der sich bereits verdunkelte. Sie runzelte die Stirn. »Das verstehe ich nicht …«, begann sie und blickte sich nach allen Richtungen um. Sie ging zu einem Baum und musterte seine Rinde. »Wenn hier Westen ist«, sagte sie schließlich und zeigte auf die moosbewachsene Seite des Stammes, »müsste eigentlich dort drüben auf der anderen Seite des Bachs der Buckelfels liegen.«

Jakob spähte das Tal entlang. »Vielleicht müssen wir nur noch ein Stück am Bach entlang.«

Marthe schüttelte den Kopf. »Hier sieht es ganz anders aus, als ich es von den Wanderungen mit meiner Mutter kenne.«

»Du meinst, es sieht aus wie in einem ganz anderen Tal?«

Marthe nickte und sah Jakob niedergeschlagen an. »Es tut mir leid. Wir haben uns verlaufen.«

Jakob zog die Augenbrauen zusammen. Mussten sie jetzt etwa den ganzen Weg zurückgehen? Bergauf? Durch den Bärenwald?

Marthe setzte den Mantelsack ab. »Was machen wir jetzt? Einfach weitergehen?«

Jakob schüttelte den Kopf. Er konnte nicht mehr weiter. Weder bergauf noch bergab noch geradeaus. »Lass uns hier übernachten. Morgen sehen wir weiter.«

Auf Reisen

Die einfachen Leute reisten damals zu Fuß, die Reichen mit einer Kutsche oder einer Sänfte. Bauern gingen zum Markt, Boten überbrachten Nachrichten, Handwerker zogen auf Wanderschaft und Hausierer boten ihre Waren an. Oft war man wochenlang unterwegs. Eine Reise war ein echtes Abenteuer: In Europa herrschte Krieg, Räuber lauerten am Weg, Unwetter konnten hereinbrechen oder man wurde krank. Es gab kaum Orts- oder Straßenschilder und man war auf einen Kompass oder seine eigene Orientierung angewiesen. Die meisten Straßen waren aus Sand, der sich bei Regen in Schlamm verwandelte.

Der unheimliche Verfolger

Die zweite Nacht im Höllengebirge war ganz anders als die erste. Zum Glück. Jakob schlief tief und fest. Er war viel zu erschöpft, um Angst zu haben.

Am nächsten Morgen brachen Jakob und Marthe mit den ersten Sonnenstrahlen auf. Sie folgten dem Bachlauf Richtung Norden. Doch vom Buckelfelsen war weit und breit nichts zu sehen. Wie Marthe befürchtet hatte. Dieser Felsen war Marthes einziger Orientierungspunkt. Ohne ihn konnte sie den Weg in die Todesschlucht nicht finden. »Wahrscheinlich sind wir zu sehr vom Weg abgekommen, als wir vor dem Bären geflohen sind«, sagte sie.

Plötzlich raschelte es, nur wenige Schritte von ihnen entfernt.

Jakob und Marthe fuhren herum. Hektisch überflogen sie die umstehenden Büsche und Baumgruppen. Was war das? Wieder ein Bär?

Alles blieb ruhig. Nichts bewegte sich. Nur ein paar Halme bogen sich im lauen Wind.

»Wahrscheinlich nur eine Maus«, sagte Marthe.

»Für eine Maus hat es aber ganz schön laut geraschelt«, meinte Jakob, wobei er die Büsche nicht aus den Augen ließ.

»Komm, gehen wir weiter«, sagte Marthe. »Dort drüben klettern wir über den Bach.« Sie zeigte auf eine Stelle, an der drei große Steine im Bach lagen. »Dann steigen wir auf der anderen Seite aus dem Tal. Vom Bergkamm aus haben wir eine bessere Sicht. Vielleicht finden wir so den Weg.«

Jakob schulterte den Mantelsack und folgte Marthe. Alle paar Schritte drehte er sich um. Manchmal kam es ihm vor, als könne er aus den Augenwinkeln eine schattenhafte Bewegung wahrnehmen. Doch als er den Blick über die Landschaft streifen ließ, blieb alles ruhig, nichts bewegte sich. Mehrmals meinte er, ganz deutlich ein Rascheln hinter sich zu hören. Aber im nächsten Moment war er sich nicht mehr sicher, ob es nicht doch nur das Rauschen des Bachs gewesen war. Jakob schüttelte über sich selbst den Kopf. Seit ihn der Bär gejagt hatte, war er schreckhaft wie ein Hase. Bestimmt bildete er sich alles nur ein. Schweigend folgte er Marthe den Hang hinauf. Trotzdem konnte er das Gefühl nicht abschütteln, dass sie verfolgt wurden.

Kurz vor dem Gipfel setzten sich Jakob und Marthe in den Schatten einer kleinen Kiefer. Sie hatten im Bach ihren Krug nachgefüllt. Jetzt teilten sie sich den letzten Fladen. Die nächsten Tage mussten sie von dem leben, was sie im Wald fanden. Jakob hatte riesengroßen Hunger. Der Fladen schmeckte ihm köstlich, obwohl er schon ganz hart war.

Marthe wischte sich mit dem Handrücken den Schweiß von der Stirn und sah ins Tal hinab. Auf einmal verengten sich ihre Augen. Sie tippte Jakob leicht mit dem Finger ans Knie und flüsterte: »Bleib ganz ruhig sitzen und guck mal zu dem großen Hagebuttenstrauch dort drüben.«

Jakob schluckte schnell das letzte Fladenstück herunter und sah zu dem Strauch. Er war fünf, vielleicht auch zehn Schritte entfernt von ihnen. Zunächst konnte Jakob nichts Ungewöhnliches erkennen. Aber dann fiel ihm auf, dass ein Zweig wackelte.

»Also doch«, flüsterte er. »Wir werden verfolgt.« Jakob musste an all die Geschichten denken, die er über die Todesschlucht gehört hatte. »Bestimmt von einer wilden Bestie.«

Marthe runzelte die Stirn. »Hm. Na ja, ich weiß nicht. Ein hungriges Tier hätte uns doch schon längst angegriffen, oder nicht?«

»Wenn es keine Bestie oder Tier ist, was dann?«

Marthe flüsterte zurück: »Weiß ich auch nicht. Aber wir müssen es herausfinden.«

Jakob dachte einen Moment nach. Dann sagte er leise: »Wir stellen dem Verfolger eine Falle. Wir trennen uns. Der Verfolger kann nur einem von uns folgen. Ich gehe mit dem Mantelsack vor. Wenn es der Verfolger auf unseren Proviant abgesehen hat, wird er mir nachlaufen. Du überraschst ihn dann von hinten.«

Marthe biss sich auf die Unterlippe. Sie war sich nicht sicher, ob es so eine gute Idee war, sich zu trennen. Zu zweit waren sie immerhin stärker. Aber ihr fiel nichts Besseres ein. Schließlich nickte sie.

Jakob stand auf und nahm den Mantelsack. Nervös sah er zum Hagebuttenstrauch.

»Also«, sagte Marthe so laut, dass man es auch in zehn Schritten Entfernung hören konnte. »Geh du schon mal vor. Ich ruhe mich noch etwas aus.«

Jakob nickte Marthe zu. Dann schritt er langsam mit dem Mantelsack auf der Schulter den Hang hinauf. Nach zehn Schritten sah er kurz zu Marthe hinüber. Sie saß noch immer unter der kleinen Kiefer. Sie deutete auf einen Felsen und nickte. Der Plan funktionierte. Der Verfolger war hinter Jakob her.

Jakob kletterte weiter den Hang hinauf. Hinter ihm rollten ein paar Steine den Hang hinab. Jakob war sich sicher, dass er sie nicht losgetreten hatte. Ein Ast knackte. Doch Jakob widerstand der Versuchung, sich umzusehen. Mit jedem Schritt klopfte sein Herz lauter. Es hätte ihn nicht einmal gewundert, wenn er seinen Verfolger gehört hätte.

Jakob zwang sich, nicht schneller zu laufen, obwohl er den Hang am liebsten hinaufgerannt wäre. Er stieg über Steine und quetschte sich durch dichtes Gebüsch. Dabei lauschte er ganz genau auf jedes Geräusch hinter sich. Doch schon seit ein paar Schritten hatte er nichts mehr gehört. Weder klackerten Steine noch raschelten Gräser. Was hatte das zu bedeuten? Hatte der Verfolger Verdacht geschöpft und war besonders vorsichtig? Oder war er ganz und gar verschwunden? Auf einmal schoss Jakob ein furchtbarer Gedanke durch den Kopf: Was, wenn der Verfolger sich auf Marthe gestürzt hatte? Sie war zwar über ein Jahr älter als Jakob und mindestens dreimal so mutig wie er – aber trotzdem: Sie war ganz alleine.

Jakob zwängte sich durch ein dichtes Gestrüpp. Dann blieb er stehen. Langsam ließ er den Mantelsack zu Boden gleiten. Er wartete ein paar Sekunden und lauschte. Hinter ihm blieb alles still. Er hielt es nicht mehr aus, musste sich umdrehen, musste wissen, was mit Marthe geschehen war. Er ballte die Hände zu Fäusten zusammen, atmete tief ein und …

… fuhr herum.

Zwei große, graue Augen starrten ihn aus dem Dickicht des Gebüschs an. Jakob schrie.

Plötzlich erklang ein dumpfes Geräusch, wie ein Schlag. Jemand im Gebüsch stöhnte, der ganze Busch wackelte und Zweige knackten.

Marthe stand mit einem dicken Ast in der Hand auf der anderen Seite des Gesträuchs. Sie starrte auf den Mann, der auf dem Boden hockte. Er hielt mehrere Zweige in der einen Hand und rieb sich mit der anderen den Kopf.

»AUFHÖREN!«, rief der Mann. Seine Stimme war tief und kräftig. »Was soll das?«

»Das wollen wir von Euch wissen«, sagte Jakob, nachdem er sich vom ersten Schreck erholt hatte. Der Mann sah nicht wie ein Räuber aus und wie eine Bestie schon gar nicht.

»Wieso verfolgt Ihr uns?«

Der Mann warf die abgebrochenen Zweige beiseite und richtete sich auf. Er war zwei Köpfe größer als die Kinder, obwohl er leicht gebückt ging. Sein hagerer Körper bog sich wie ein Hirtenstab. Seine Haare hingen ihm lang, grau und verfilzt vom Kopf. Sein Kinn schmückte ein langer, grauer Bart, der zu einem Zopf gebunden war. Die Wangen waren eingefallen, seine Haut war gebräunt und vom Wetter gezeichnet. Die hellgrauen Augen stachen aus den tiefen Augenhöhlen hervor wie Edelsteine. »Ich wollte sichergehen, dass ihr nichts Böses im Schilde führt. Heutzutage treiben sich so manche Taugenichtse und Unholde in den Bergen herum. Ausgehungerte Landsknechte, ungehobelte Wegelagerer und skrupellose Landstreicher.«

Marthe musterte den Alten. Seine Kleidung war zerschlissen, aber man konnte noch erkennen, dass sie aus erlesenen Stoffen wie Damast und Atlas gefertigt war. Er hatte die weißen Strümpfe über den Knien festgebunden, die dunkelgrünen Beinkleider darunter festgezurrt und trug Schuhe mit großen, metallenen Schnallen, wie es bei angesehenen Bürgern Mode war.

»Und was tut Ihr im Höllengebirge?«, fragte Marthe den Mann.

»Ich lebe hier.«

»Alleine?«, fragte Jakob.

»Ja, alleine. Ich … ich habe mich von den Menschen zurückgezogen«, antwortete der Alte. Über seine hellgrauen Augen huschte ein Schatten.

»Wieso?«, fragte Jakob.

Der Alte starrte einen Moment vor sich hin. »Das ist eine lange Geschichte«, sagte er schließlich. »Aber was habt ihr Kinder im Höllengebirge zu suchen?«

»Wir wollen in die Todesschlucht«, sagte Marthe.

Der alte Mann zog die Augenbrauen hoch und beäugte die Kinder erstaunt.

»Dort wächst der rote Himmelsschlüssel, auch Blutkraut genannt«, fuhr Jakob fort. Vielleicht, hoffte er, konnte dieser seltsame Alte ihnen helfen. »Wir müssen das Kraut unbedingt finden. Aber wir haben uns verlaufen.«

Der Alte sagte eine ganze Weile nichts und sah die Kinder merkwürdig an. Schließlich strich er über seinen Bart und nickte. »Ich helfe euch.«

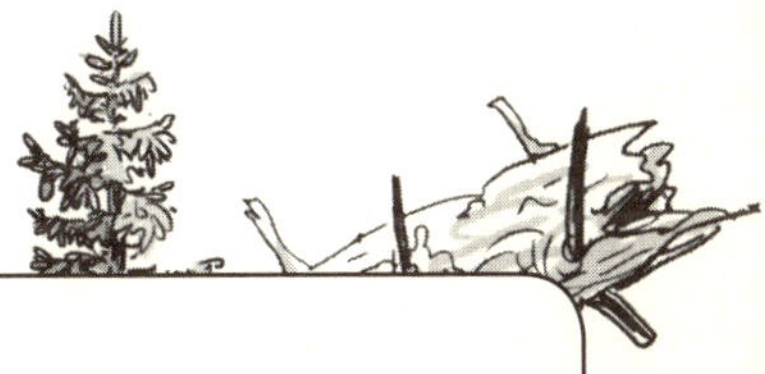

Kleidung

Männer trugen weite Pluderhosen, die unterhalb der Knie mit hübschen Schleifen gebunden waren. Die Füße steckten in großen Stulpenstiefeln. Die Hemden hatten einen breiten Spitzenkragen, darüber wurde ein Wams oder Ärmelrock getragen. Der Schnauzbart war damals sehr in Mode, ebenso lange Haare und große Schlapphüte. Die Frauen trugen runde Hüftpolster und mehrere Unterröcke. Frauen, die eine Haube aufhatten, waren verheiratet, »unter der Haube«. Kinder kleideten sich damals genau wie Erwachsene. Adelige Jungen hatten, bis sie ungefähr sieben waren, auch Kleider an.

In der Todesschlucht

Jakob und Marthe folgten dem alten Mann nun schon seit über einer Stunde. Er hatte versprochen, sie zum Blutkraut zu führen. Doch was, wenn das eine Lüge war? Was, wenn der Alte sie in eine Falle lockte? Er sah zwar aus wie ein harmloser Einsiedler – aber sie wussten nichts über ihn. Noch nie hatten sie von einem Alten gehört, der alleine im Höllengebirge hauste.

Wieso, wunderte sich Jakob, hatte er sich von den anderen Menschen zurückgezogen? Vielleicht war es auch ganz anders und der Alte war aus seinem Heimatort vertrieben worden. Oder er musste flüchten, weil er Unrecht getan hatte. Womöglich hatte er jemanden bestohlen, sich von Gott abgewandt oder jemanden umgebracht.

Mit jedem Schritt wuchsen Jakobs Zweifel. Er sah zu Marthe. Auch sie wirkte besorgt. Doch der Alte war immer in ihrer Nähe. Sie konnten nicht über ihn reden.

Jakob wollte sich gerade etwas einfallen lassen,

wie er ungestört mit Marthe beratschlagen konnte, als der alte Mann auf einmal mit erhobener Hand stehen blieb. »Hier beginnt sie«, sagte er mit tiefer Stimme. »Die Todesschlucht.«

Marthe nickte. »Ich erkenne sie wieder.«

»Kommt mit. Ich zeige euch etwas«, sagte der Mann.

Zögernd folgten Jakob und Marthe dem Alten zu einem Gebüsch. Er hob ein paar Zweige hoch und deutete auf die Erde. Dicht am Boden wuchs eine ungefähr dreißig Zentimeter hohe Pflanze mit mehreren rotvioletten Blüten, die wie Trichter geformt waren. Die Blätter waren behaart und mit weißen Flecken gesprenkelt.

»Blutkraut!«, rief Marthe und kniete sich vor die Pflanze.

Jakobs Augen weiteten sich vor Freude.

»Wozu braucht ihr das Kraut?«, fragte der Alte.

»Meine Mutter ist sehr krank.« Jakob hockte sich neben Marthe und sah das Blutkraut genau an. Das war sie also, die Pflanze, die seiner Mutter vielleicht das Leben retten konnte.

Der Einsiedler nickte. »Das Blutkraut heilt die Lungen. Es löst den giftigen Schleim«, sagte er, während Jakob und Marthe hastig das Blutkraut sammelten. »Weiter unten in der Schlucht findet man noch Bärlauch. Der reinigt das Blut.«

»Woher wisst Ihr das alles?«, fragte Jakob und steckte unablässig weitere Stängel Blutkraut in den Mantelsack. Er war so froh, das lebensrettende Kraut gefunden zu haben, dass er alle Vorsicht vor dem Alten vergaß. »Seid Ihr etwa auch eine Kräuterhexe, wie Marthes Mutter?«

Marthe stieß Jakob in die Seite. »Meine Mutter ist keine Hexe!«, zischte sie.

Der Alte sah Jakob lange an, ohne etwas zu erwidern. Jakob stockte. Ihn fröstelte, obwohl Sonnenstrahlen seine Haut wärmten. Er hatte das Gefühl, der Blick des Alten ließ ihn erfrieren.

Langsam hob der Mann die Hand und zeigte mit ausgestrecktem Zeigefinger auf Jakob. »Bezichtige nie jemanden der Hexerei, und sei es nur im Spaß.«

Jakob wich dem Blick des Alten aus und nickte. Auf einmal schoss ihm ein Gedanke durch den Kopf. Er wusste nicht, ob er es wagen konnte, diesen seltsamen Einsiedler das zu fragen. Aber seine Neugier war schließlich größer. »Ist das der Grund, warum Ihr Euch von den Menschen zurückgezogen habt und im Höllengebirge lebt? Haben die Menschen Euch für einen Hexer gehalten?«, fragte er.

Eine Weile blickte der Alte stumm in die Ferne. Jakob war sich nicht sicher, ob er seine Frage überhaupt gehört hatte. Doch dann ließ sich der Mann neben den Kindern auf dem Boden nieder. »Ihr sollt meine Geschichte hören. Sie ist unfassbar und grausam, aber ich werde sie euch erzählen.« Er strich sich über den Bart. »Ich komme vom Nordwesten, von der anderen Seite der Berge«, begann er. »Einst war ich ein angesehener Mann. Ich war Apotheker. Meine Frau und ich, wir kannten fast jeden im Ort. Alle waren schon einmal bei uns gewesen, um ihre Schmerzen zu lindern. Vielen hatten wir geholfen, obwohl sie keinen Taler in der Tasche hatten. Vor allem meine Frau. Sie sagte, es wäre Gottes Wille, dass wir einander in schwierigen Zeiten beistehen, und Gott würde es uns vergelten.« Der Alte hielt einen Moment inne.

Jakob fragte sich, wo die Frau des Apothekers jetzt war. Hatte sie ihn verlassen, weil er der Hexerei verdächtigt war?

»Und dann?«, fragte er vorsichtig. Er wollte die Geschichte des Alten hören. Aber er wollte auch so schnell wie möglich mit dem Blutkraut zurück zu seiner Mutter.

Jakobs Frage riss den alten Apotheker aus seinen

Erinnerungen. »Dann wurde der bischofstreue Ratsherr Lampert Bürgermeister.« Als der Mann den Namen aussprach, verzog sich sein Gesicht, als hätte er etwas Giftiges im Mund. »Es war das Jahr einer großen Missernte. Mehrere Seuchen suchten die Stadt heim. Die Menschen litten erbärmlich, sie hungerten, viele starben. Sie forderten den Bürgermeister auf, etwas zu unternehmen. Meine Frau und ich sprachen sogar persönlich bei ihm vor. Der aber suchte nur nach Schuldigen. Bald machte ein Gerücht in der Stadt die Runde: Hexen wären an all dem Leid schuld. Sie hätten ein Unwetter beschworen und damit die Ernte verdorben.«

»Das behaupten zwei Bauern auch von meiner Mutter«, sagte Marthe.

Der alte Mann sah sie einen Augenblick nachdenklich an. Dann fuhr er mit seiner Geschichte fort: »Kurz darauf klagte ein angesehener Kaufmann eine seiner Mägde der Hexerei an. Wir kannten die Magd. Sie war oft zu uns in die Apotheke gekommen und hatte sich unseren Rat eingeholt. Sie war ein freundliches, sehr hübsches Mädchen. Der Kaufmann behauptete, sie hätte das Essen verhext und einen Teil seiner Waren verdorben, sodass er sie nicht mehr verkaufen konnte.«

»Aber warum sollte sie das tun?«, wunderte sich Jakob. »Als Magd lebt sie doch beim Kaufmann im Haus. Wenn er seine Waren nicht verkaufen kann, bleibt auch für sie weniger zum Leben.«

Der Alte nickte. »Das fragt sich jedes Kind. Nur die Ratsherren fragten sich das nicht. Sie ließen die Magd ins Malefizhaus sperren. Tagelang saß sie im Gefängnisturm. Dann wurde sie gütlich von den Richtern befragt. Die Magd schwor bei Gott, nichts Unrechtes getan zu haben. Doch dann kam es zur peinlichen Befragung.« Der Alte sah die Kinder ernst an. »Ihr wisst, was das ist?«

Marthe nickte. »Ein Verhör mit Foltermitteln.«

»Unter der Folter gestand die Magd, Gott abgeschworen und sich mit dem Teufel eingelassen zu haben. Mit seiner Hilfe habe sie das Essen des Kaufmanns verhext und seine Waren verdorben.«

»Also war sie doch eine Hexe«, sagte Marthe. »Sonst würde sie so etwas nie gestehen.«

Der Alte presste die Lippen aufeinander. »Ich hatte dem Scharfrichter damals eine Salbe für seine kranke Tochter gegeben. Er konnte nicht zahlen. Ich sagte, er solle sich später darüber sorgen, wenn es seiner Tochter besser ging. Er war damals beim peinlichen Verhör anwesend und berichtete mir heimlich davon. Die Folter hörte sich so bestialisch und grausam an – vermutlich würde man alles sagen, nur, damit diese Schmerzen endlich aufhören. Selbst wenn sie der Magd unterstellt hätten, sie wäre ein zehnköpfiger Drache, hätte sie Ja gesagt.«

»Wurde die Magd als Hexe verurteilt?«, fragte Jakob.

»Ja, zum Tod durch das Feuer. Doch da sie ein Geständnis abgelegt hatte, wurde sie als Akt der Gnade enthauptet, bevor sie verbrannt wurde. Fast alle Einwohner kamen, um bei der Hinrichtung zuzusehen.« Der alte Mann starrte einen Moment auf den Boden. »Die Magd hatte nicht nur ein Geständnis abgelegt, sie hatte auch Namen von anderen Hexen genannt. Angeblich hatte sie diese Hexen beim Hexensabbat getroffen.« Der Alte hielt kurz inne. »Darunter war auch meine Frau. Die Magd hatte behauptet, meine Frau hätte die Flugsalbe hergestellt, mit deren Hilfe sie zum Hexensabbat ausflogen.«

Jakob und Marthe sagten kein Wort und sahen den Alten mit großen Augen an.

»Zusammen mit vier anderen Frauen wurde meine Frau noch am selben Tag verhaftet und ins Malefizhaus gesteckt. Ich durfte sie nicht besuchen. Der Scharfrichter verriet mir nur, dass es nicht gut um sie stand. Man hatte ihr alle Kleider genommen und sie in einen einfachen Leinensack gesteckt, die Haare geschoren und sie auf Hexenmale untersucht. Bei der gütlichen Befragung durch die Richter hatte sie bereits mehrmals abgestritten, eine Hexe zu sein.«

»Aber Ihr wart doch ein angesehener Mann. Bestimmt konntet Ihr etwas dagegen unternehmen«, sagte Jakob.

»Das dachte ich auch«, erwiderte der Alte. »Drei der angeklagten Frauen waren ebenfalls verheiratet. Ich wollte mich mit ihren Männern zusammenschließen und gegen die Verhaftung und Anschuldigungen klagen. Doch einer der Männer hatte Angst, sich gegen die Richter, Ratsherren und den Bürgermeister aufzulehnen. Ein anderer hielt seine Frau tatsächlich für eine Hexe. Der Dritte war der Schellenmacher Siberecht und ein Freund von uns. Gemeinsam mit ihm sprach ich beim Bürgermeister vor. Doch der Bürgermeister berief sich auf die Bibel und den Hexenhammer, ein Buch zur Rechtsprechung. Würden unsere Frauen keine Hexen sein, wie wir sagten, dann würde sich das im Verlauf des Prozesses herausstellen. Wir müssten uns also keine Sorgen machen.«

Heilpflanzen

Viele Pflanzen und Kräuter haben eine heilende Wirkung. Das wussten die Menschen damals schon. Die Brennnessel z. B. hilft gegen Rheuma. Man kann sie als Tee trinken oder wie Spinat essen. Das Lungenkraut, das in manchen Regionen auch Blutkraut genannt wird, löst den Husten. Auch Kamillentee tut bei Erkältung gut. Die »Flugsalbe« der angeblichen Hexen bestand aus Tollkirschen, Stechapfel, Bilsenkraut, Alkohol, Essig und Fett. Rieb man sich mit dieser Salbe ein, wurde der Alkohol über die Haut aufgenommen. Gut möglich, dass man zumindest dachte, man könne fliegen.

»Aber sie gestanden alle bei der peinlichen Befragung, oder?«, fragte Marthe leise.

Der Alte nickte. »Ich sah meine Frau zum letzten Mal auf dem Scheiterhaufen. Ich erkannte sie kaum wieder, so geschunden und ausgezehrt sah sie aus. Ihre Augen hatten jeglichen Glanz verloren. Als sich unsere Blicke trafen, zeigte sie keine Regung.« Der Alte hielt einen Moment inne. Seine Hände zitterten. »Man hatte ihr ein Schwarzpulversäckchen um den Hals gehängt, das ihr den Feuertod erleichtern sollte. Nach der Hinrichtung fing mich der Scharfrichter ab. Er erzählte mir, dass meine Frau bei der Besagung auch meinen Namen genannt hatte.«

»Was?«, rief Marthe. »Sie hat ihren eigenen Mann beschuldigt?«

Der Alte nickte traurig. »Könnt ihr euch vorstellen, welche Schmerzen einem Menschen zugefügt werden müssen, damit er so etwas tut?«

Jakob schloss einen Moment die Augen. Bei dem Gedanken an einen Scheiterhaufen, an eine peinliche Befragung und ein Malefizhaus wurde ihm schwindelig.

»Daraufhin habe ich meine Habseligkeiten gepackt und bin noch in derselben Nacht geflohen. Als ich beim Schellenmacher vorbeikam, um ihn abzuholen, war es bereits zu spät. Man hatte ihn und seine beiden jüngeren Schwestern ins Malefizhaus gebracht.«

Jakob und Marthe sagten eine ganze Weile nichts. Schweigend saßen sie neben dem Alten. Auch er schien in Gedanken versunken.

»Zum Glück ist es bei uns nicht so schlimm mit dem Hexenwahn«, sagte Jakob schließlich.

»Vielleicht hat es auch nur noch nicht angefangen«, meinte Marthe leise.

»Woher kommt ihr?«, fragte der Alte.

»Aus Harzenstein«, antwortete Jakob.

Der Mann runzelte die Stirn. »Untersteht die Stadt nicht dem Landherrn Schwarzmetten?«

Jakob und Marthe nickten.

Der Alte legte die Stirn noch mehr in Falten. »Macht euch besser auf den Heimweg. Deine Mutter liegt im Sterben«, sagte der alte Apotheker zu Jakob, »und deine schwebt womöglich in Gefahr«, sagte er zu Marthe.

Marthe wurde blass. »Welche Gefahr? Wie kommt Ihr darauf?«

»Ich habe vorgestern zwei Studenten belauscht, die aus Harzenstein kamen und auf dem Weg zur Universität waren. Soweit ich sie hören konnte, redeten sie darüber, dass in Harzenstein eine Hexe angeklagt werden soll. Mehr habe ich allerdings nicht verstanden.«

Marthes Unterlippe zitterte.

Jakob stopfte das letzte Blutkraut in den Mantelsack, schulterte ihn und griff nach Marthes Hand. »Komm, gehen wir.«

Der Hexenturm

Als Jakob und Marthe nach zwei Tagen Fußmarsch endlich wieder Harzenstein erreichten, dämmerte es schon. Jeder eilte sofort nach Hause. Jakobs Mutter lag genau so im Bett, wie er sie verlassen hatte. Sie hatte die Augen geschlossen, ihre Lippen waren trocken und aufgesprungen. Jakob sah, wie sich ihre Brust ganz leicht hob und senkte. Er kniete sich vor die Bettstatt und strich seiner Mutter eine Haarsträhne aus der Stirn. »Ich bin wieder da«, sagte er leise. »Mutter, hörst du? Ich bin zurück. Und ich habe das Blutkraut, das dich heilen wird.«

Jakobs Mutter öffnete einen Moment die Augen. Ihr Blick ruhte auf ihrem Sohn. Sie lächelte. Dann schloss sie die Augen wieder.

Jakob nahm ihre Hand. Sie kam ihm noch schmaler und kühler vor. »Die Schwarzleiberin wird bald hier sein. Sie wird die heilende Tinktur zubereiten. Dann wirst du ganz schnell gesund. Du wirst schon sehen.«

In dem Moment flog die Tür auf und Marthe

stürmte ins Haus. »SIE IST WEG!«, rief sie. Sie hatte die Augen weit aufgerissen. Die Ränder waren gerötet.

Jakob eilte auf Marthe zu, legte schützend beide Arme um sie und drängte sie, sich auf einen Schemel zu setzen. »Wovon redest du?«

»Meine Mutter. Sie ist weg!« Marthe wischte sich mit dem Handrücken die Tränen vom Gesicht. »Die Schuhmacherin sagt, man hat sie gestern in den Hexenturm geschafft. Hat sie aus dem Haus geschleift und als Hexe beschimpft. Die ganze Straße hat zugesehen. Keiner hat ihr geholfen.«

Jakob strich Marthe über die Schultern, die unablässig zuckten.

»Bei uns zu Hause sieht es aus, als hätten Räuber gewütet. Alles, was Wert hatte, Möbel, Kleider, Geschirr – alles haben sie mitgenommen. Die Schuhmacherin sagt, die Amtmänner hätten das Recht, die Güter und das Vermögen einer Hexe zu beschlagnahmen. Damit sollen die Kosten für den Hexenprozess getragen werden. Nichts haben sie uns gelassen.« Marthe sah Jakob mit verweinten Augen an. »Ich weiß nicht, was ich machen soll, Jakob.«

Jakob stützte das Kinn auf die Hände und dachte einen Moment nach. »Komm«, sagte er schließlich.

»Gehen wir zum Hexenturm. Sie müssen dich zu ihr lassen.«

Jakob und Marthe eilten durch die dunklen, verlassenen Gassen ihrer Heimatstadt. Der Hexenturm befand sich an der südlichen Stadtmauer. Zwei Fackeln beleuchteten den Eingang. Davor schritt ein Wachmann mit einem Schützenrohr bewaffnet auf und ab. Jakob kannte den Wachmann. Es war Henrich, der mittlere Sohn seiner Nachbarin.

»Was wollt ihr?«, fragte Henrich, als die Kinder auf ihn zugeeilt kamen.

»Bitte, lass mich in den Turm. Meine Mutter ist dort. Ich muss zu ihr«, sagte Marthe.

»Du willst zur Schwarzleiberin? Der Hexe?«, fragte Henrich.

»Sie ist keine Hexe!«, rief Marthe.

»Das wird sich zeigen«, sagte Henrich.

»Bitte«, begann Jakob. »Lass uns zu ihr. Oder zumindest Marthe.«

Henrich schüttelte den Kopf. »Das darf ich nicht.«

Jakob versuchte es abermals: »Nur ganz kurz, Henrich. Wir wollen nur sehen, wie es ihr geht.«

Marthe sah Henrich eindringlich an. »So hab doch ein Herz. Sie ist meine Mutter!«

Henrich musterte Marthe. Sie war fast so groß wie

er. Im schwachen Licht der Fackeln funkelten ihre blaugrünen, feuchten Augen noch stärker. »Ohne richterlichen Beschluss oder Schreiben des Landherrn darf ich niemanden außer dem Scharfrichter einlassen«, sagte er leise. Er konnte Marthe nicht länger in die Augen sehen und wandte den Blick ab. »Selbst wenn ich euch durch diese Tür gehen lasse – im Turm sitzen vier weitere Wachmänner.«

»Sag uns wenigstens, wie es ihr geht. Was hat man mit ihr gemacht? Hast du sie gesehen?«, fragte Marthe.

Henrich nickte langsam. »Sie liegt auf etwas Stroh, angekettet im Turm. Man hat ihr die Haare geschoren. Aber sie lebt. Sie ist gesund und schläft gerade.«

»Hat man sie schon vor den Richter geführt?«, fragte Jakob.

Henrich nickte. »Gestern fand die gütliche Befragung statt. Die Schwarzleiberin hat nicht gestanden. Sie hat bei Gott geschworen, kein Bündnis mit dem Teufel eingegangen zu sein. Sie hat alle hexerischen Taten, die man ihr vorwirft, geleugnet.«

»Wessen wird meine Mutter angeklagt?«, fragte Marthe.

»Zwei Bauern beschuldigen sie eines Schadenszaubers. Sie sagen, die Schwarzleiberin hat ihre

Ernte durch ein Unwetter verdorben. Die Kuh eines anderen Bauern gab keine Milch mehr, seit die Schwarzleiberin sie berührt hatte. Trine Wegerich sagt, die Schwarzleiberin hat ihre Tochter durch einen Zauber bei der Geburt entstellt. Dr. Rothaupt bezeugt, gesehen zu haben, wie die Schwarzleiberin durch Handauflegen das Bein eines seiner Patienten gelähmt hat. Und der alte Zaubel gibt der Schwarzleiberin Schuld am Tod seiner Tochter.«

»Elsche ist tot?«, fragte Marthe.

Henrich nickte. »Ihr Oberkörper war von roten Flecken übersät. Der alte Zaubel sagt, genau dort hat deine Mutter eine Salbe aufgetragen.«

Marthe bedeckte ihr Gesicht mit beiden Händen und schluchzte.

»Bete, dass deine Mutter gesteht«, sagte Henrich leise. »So entgeht sie der Folter und ihr wird die Gnade der Enthauptung vor dem Scheiterhaufen gewährt.«

Marthe riss die Hände vom Gesicht. »Meine Mutter ist keine Hexe!«

»Was geschah nach der gütlichen Befragung?«, fragte Jakob schnell.

Zögernd wandte Henrich den Blick von Marthe ab. »Der Scharfrichter hat die Schwarzleiberin nach

Ablauf der Hexenprozesse

An erster Stelle stand die Anklage. Die Beschuldigte wurde daraufhin in einen Gefängnisturm gesperrt. Sie wurde entkleidet und rasiert, damit sie keine Zaubermittel verstecken konnte, und nach Hexenmalen untersucht. Das konnte ein Muttermal sein. Dann kam es zur gütlichen Befragung. Wenn die Beschuldigte nicht gestand, wurde mit der peinlichen Befragung fortgesetzt, d.h. mit Foltermitteln wie Daumenschraube und Streckbank. Dabei kam es oft zum (falschen) Geständnis. Danach musste die »Hexe« andere Hexen besagen. Auf Hexerei stand als Strafe der Feuertod.

Hexenmalen abgesucht. Ohne Erfolg. Der Richter hat daraufhin beschlossen, dass die Angeklagte morgen Nachmittag der Wasserprobe unterzogen werden soll.«

»Eine Wasserprobe?« Marthe sah Henrich fragend an.

»Die Angeklagte wird zum Harzensteinersee geführt. Sie wird an Händen und Füßen kreuzweise gefesselt und in den See geworfen. Schwimmt sie auf dem Wasser, ist sie eine Hexe. Geht sie unter, ist ihre Unschuld bewiesen.«

Marthe hatte die Augen weit aufgerissen und sah Henrich voller Entsetzen an. »Aber – dann ist sie tot!«

Ein verzweifelter Plan

Obwohl Jakob diese Nacht nicht im Freien verbrachte und Marthe neben ihm lag, schlief er unruhig. Er träumte vom Scharfrichter. Im Traum war dieser am ganzen Körper schwarz behaart gewesen, hatte spitze Hörner gehabt und einen linken Fuß, der aussah wie ein Pferdehuf. Er tanzte mit der Schwarzleiberin. Die ganze Stadt sah dabei zu. Auch Jakob und seine Mutter blickten auf das schaurige Tanzpaar und klatschten. Plötzlich holte der Scharfrichter einen Dreizack hervor und stieß damit nach der Schwarzleiberin. Diese aber erhob sich in die Lüfte.

Da erwachte Jakob und richtete sich auf. Er rieb sich den Schlaf aus den Augen und sah auf die Bettstatt neben sich. Marthe saß im Schneidersitz und starrte vor sich hin. »Hast du gar nicht geschlafen?«, fragte Jakob.

Marthe schüttelte den Kopf. »Wie soll ich schlafen können, wenn meine Mutter heute dem Tode geweiht wird?«

»Das wird sie nicht«, sagte Jakob schnell.

Marthe schüttelte den Kopf. »Nein, Jakob, es gibt keine Hoffnung. Schwimmt meine Mutter bei der Wasserprobe an der Oberfläche, wird sie als Hexe hingerichtet. Sinkt sie auf den Grund, wird sie im Harzensteinersee ertrinken. Zumindest ruht dann ihre Seele in Frieden und die ganze Stadt weiß, dass sie keine Hexe war.«

»Hör auf, so zu reden!« Jakob rüttelte Marthe an der Schulter. »Es ist noch nicht zu spät. Wir müssen etwas unternehmen.«

Marthe musterte Jakob einen Moment misstrauisch. »Wieso willst du meine Mutter unbedingt retten? Nur, damit sie die heilende Tinktur für deine Mutter anfertigen kann?« Plötzlich funkelten Marthes Augen zornig. »Das ist der einzige Grund. Auch du hältst sie für eine Hexe, habe ich recht?«

Jakob schwieg einen Moment. Er wusste, dass er Marthe die Antwort auf diese Frage schuldig war. Langsam schüttelte er den Kopf. »Nein«, sagte er dann bestimmt. »Deine Mutter ist keine Hexe. Genauso wenig wie du und ich und wie der alte Apotheker. Deshalb müssen wir sie retten. Und ich weiß auch schon, wie.«

Marthe sah Jakob fragend an.

»Alles, was ich brauche, ist ein Messer und eine Tierblase.«

Marthe runzelte die Stirn. »Das ist leicht zu besorgen. Aber was willst du damit?«

»Mein Plan ist ganz einfach.« Jakob beugte sich zu Marthe und erzählte ihr leise, was er bei der Wasserprobe vorhatte.

Je länger er sprach, desto mehr Falten traten auf Marthes Stirn. »Das ist viel zu gefährlich für dich.«

Jakob kratzte sich an der Nase. »Zugegeben, es wird nicht leicht. Aber wir müssen es versuchen.«

»Nein, am Ende verliere ich nicht nur meine Mutter, sondern auch dich«, sagte Marthe.

»Mach dir um mich keine Sorgen«, erwiderte Jakob.

Marthe sah ihn sorgenvoll an. »Dein Plan gefällt mir nicht.«

»Hast du einen besseren?«

Marthe schüttelte den Kopf.

»Na also.« Jakob stand auf. »Jetzt machen wir Frühstück. Heute brauchen wir jede Menge Kraft.«

Als Jakob und Marthe am See ankamen, hatten sich schon Hunderte von Schaulustigen versammelt. Der Tag war warm und sonnig. Ein fremder Beobachter hätte meinen können, all die Menschen hätten sich zu einem Volksfest eingefunden. Kinder spielten am Ufer und warfen Steine in den See, Kaufmannsfrauen tauschten den neuesten Klatsch und Tratsch aus, Mägde und Handwerker hatten ihre Arbeit unterbrochen und Tagelöhner und Bauern waren aus den umliegenden Ortschaften herbeigeeilt. Keiner wollte sich die Wasserprobe der Hexe entgehen lassen. Sie war eine willkommene Abwechslung.

»Ich muss los«, flüsterte Jakob Marthe zu. »Wir sehen uns nachher bei der Brücke.«

Bevor Jakob sich umdrehen konnte, zog Marthe ihn an sich heran und umarmte ihn. »Viel Glück«, flüsterte sie in sein Ohr. Dann entfernte er sich mit ruhigen Schritten von der Menschenmenge und ging auf eine von Schilf bewachsene Bucht zu. Marthe blickte ihm nach. Es sah aus, als würde er spazieren gehen. Niemand beachtete ihn.

In dem Moment ging ein Aufschrei durch die Menge. Pferdegetrappel war zu hören. Schon von Weitem sah man den Karren, auf dem die Hexe vom Hexenturm zum Harzensteinersee gefahren wurde. Die Schaulustigen bildeten eine Gasse und ließen das Vehikel bis zum Steg vorfahren. Die meisten musterten die Frau auf dem Karren mit neugierigen, verächtlichen oder verängstigten Blicken. Viele Leute zeigten auf sie, manche riefen ihr Schimpfwörter zu, andere bewarfen sie sogar mit Dreck. Einige Menschen bekreuzigten sich und murmelten Gebete.

Marthe erkannte ihre Mutter kaum wieder. Ihre schönen langen, schwarzen Haare waren verschwunden, der Kopf kahl geschoren. Ihr Gesicht wirkte schmaler, die Wangen waren hohl. Ihre Lippen waren aufgeplatzt, an der Stirn hatte sie einen Bluterguss. Ihre Augen sahen noch größer aus als sonst. Doch hatten sie allen Glanz und alle Lebensfreude verloren. Marthes Mutter blickte stumpfsinnig vor sich hin. Keine Regung war in ihrem Gesicht zu erkennen.

Marthe drängte sich durch die Menschenmenge auf den Karren zu. »Mutter, Mutter!«, rief sie und streckte einen Arm in die Höhe.

Zunächst starrte die Schwarzleiberin weiter stur geradeaus. Doch dann hörte sie die Rufe ihrer Tochter. Ihre Hände zuckten, ihre Augenlider flackerten, als sie in der Menschenmenge nach Marthe suchte.

»Hier! Hier bin ich!«, rief Marthe.

Als die Schwarzleiberin ihre Tochter entdeckte, flammte etwas in ihren Augen auf. Einen Moment sah Marthe ihre Mutter wieder so, wie sie sie gekannt hatte. Voller Lebensfreude und Güte. Doch dann füllten sich die Augen der Mutter mit Tränen.

Ein Wachmann schob sich vor die Schwarzleiberin, packte sie an den gefesselten Händen und stieß sie vom Wagen. Der andere Wachmann, es war Henrich, fing sie auf und geleitete sie zum Bootssteg.

Dort hatten sich bereits die Rechtsgelehrten versammelt. Der Gerichtsschreiber reichte dem Richter ein Pergament und der verlas die Anklage. »Gesteht die hier anwesende Aleke Schwarzleib, sich der Zauberei sträflich bedient, durch Zauberei anderen Leuten Schaden und Nachteil zugefügt und dazu einen Pakt mit dem Teufel eingegangen zu sein?«

Die Schwarzleiberin sah dem Richter fest in die Augen. »Nein. Niemals bin ich einen Pakt mit dem Teufel eingegangen. Niemals habe ich mich der Zauberei bedient, so wahr mir Gott helfe.«

Der Richter rollte das Pergament zusammen und reichte es dem Gerichtsschreiber. Manche Zuschauer stießen Beschimpfungen aus. Einige versuchten, die Schwarzleiberin zu bespucken. Andere wiederum sahen sie mitleidig an.

Der Richter fuhr ungerührt fort: »Wie bereits bei

der gütlichen Befragung leugnet die Angeklagte auch jetzt jegliches Vergehen. Es wird somit verfügt, sie der Probe des kalten Wassers zu unterziehen.« Der Richter gab dem Scharfrichter ein Zeichen.

Der Scharfrichter war ein großer, kräftiger Mann. Seine braunen Haare hingen ihm in fettigen Strähnen vom Kopf, an der Stirn lichteten sie sich bereits. Sein Gesicht leuchtete rot und seine Augen standen weit auseinander. Den Kopf hatte er zwischen den breiten Schultern eingezogen. Er trat auf die Schwarzleiberin zu und stieß sie zu Boden. Sorgfältig überprüfte er ihre gefesselten Hände, fesselte danach auch ihre Füße und band zum Schluss Beine und Hände zusammen.

Wie ein verschnürtes Bündel lag die Schwarzleiberin am Boden und hatte die Augen geschlossen. Sie murmelte etwas vor sich hin.

Marthe wusste, dass sie betete. Mit Entsetzen sah sie, wie der Scharfrichter ihre Mutter zum Rand des Stegs schleifte.

Die Menschenmenge wurde immer unruhiger. »Schmeiß sie ins Wasser, die Hexe!«, rief jemand dicht hinter Marthe.

»Der Herr stehe ihr bei«, flüsterte eine rundliche Frau neben Marthe.

Hexenproben

Wenn eine Beschuldigte kein Geständnis ablegte, konnte der Richter anweisen, dass eine Hexenprobe durchgeführt wurde. Es gab z. B. die Wasserprobe, die Feuerprobe und die Nadelprobe. Bei der Nadelprobe wurde mit einer Nadel in ein Hexenmal gestochen. Die Hexe spürte an dieser Stelle angeblich keinen Schmerz und es sollte auch kein Blut fließen können. Manchmal wurde bei den Nadelproben betrogen. Es wurden z. B. Nadeln verwendet, die bei Druck in den Schaft zurückwichen. Offiziell waren Hexenproben wie die Wasserprobe verboten. Viele Juristen und Mediziner waren gegen die Wasserprobe. Aber sie waren in der Bevölkerung sehr beliebt. Sie waren eine Abwechslung vom harten Alltag. Gerade die einfachen Leute litten sehr unter dem Krieg, den Seuchen und den Missernten und meinten in den Hexen die Urheberinnen allen Übels gefunden zu haben.

Der Scharfrichter band ein Seil um die Taille der Angeklagten. Dann sah er zum Richter und wartete auf ein Zeichen. Der Richter nickte kurz. Daraufhin stemmte der Scharfrichter einen Fuß gegen Marthes Mutter und stieß sie ins Wasser.

Die Wasserprobe

Alle Anwesenden starrten gebannt auf die Stelle, an der die Schwarzleiberin in den Harzensteinersee gefallen war. Zunächst war sie im Wasser versunken, jetzt aber tauchte ihr Körper wieder an der Oberfläche auf.

»Sie schwimmt!«, rief ein Kind direkt vor Marthe.

»Wie eine Ente!«, rief ein weiteres Kind und lachte.

»Sie ist eine Hexe! Wusste ich's doch«, zischte eine Frau hinter Marthe. Es war die Schuhmacherin. Als sie bemerkte, dass Marthe vor ihr stand, bekreuzigte sie sich schnell und zog ihren kleinen Sohn näher an sich.

Marthe konnte den Anblick ihrer gefesselten, nach Luft ringenden Mutter nicht länger ertragen. Hektisch ließ sie den Blick über den See schweifen. Sie suchte nach einem Zeichen von Jakob. War er schon im Wasser? Oder war er doch noch zur Besinnung gekommen und hatte seinen selbstmörderischen Plan aufgegeben? Marthe wusste in dem Moment nicht, was ihr lieber war.

Da! Von der mit Schilf bewachsenen Bucht zog sich eine Spur aus kleinen, kaum erkennbaren Blasen über die Wasserfläche, direkt auf den Bootssteg zu.

Marthe verschränkte die Hände fest miteinander und betete. Auf einmal kam ihr die Blasenspur so deutlich vor, dass sie sich sicher war, sie würde keinem der Umstehenden entgehen. Nervös beäugte sie die Zuschauermenge. Doch alle sahen wie gebannt auf die Schwarzleiberin, die noch immer an der Oberfläche trieb und um ihr Leben rang. Da bemerkte Marthe Henrich. Er war der Einzige, der in eine andere Richtung sah. Sein Blick folgte der Blasenspur von der Schilfbucht bis zum Steg. Er runzelte die Stirn.

Einen Moment schloss Marthe die Augen und presste die Hände noch fester aneinander. Als sie die Augen wieder öffnete, sah Henrich sie unverhohlen an. Sein Blick war ernst, aber es lag auch Unentschlossenheit darin.

Henrich wandte den Blick ab und sah zu Boden. Auf einmal ging ein Raunen durch die Menge. Marthe schaute wieder zum Steg. Ihre Mutter war verschwunden. Mit einem Mal war sie unter die Wasseroberfläche gesunken. Fast, als hätte sie etwas in die Tiefe gezogen. An der Stelle, an der sie sich eben noch gewunden hatte, waren nur noch kleine Blasen zu sehen.

»Seht nur, sie ist doch keine Hexe!«, sagte eine alte Grauhaarige.

»Das ist nur eine ihrer Zaubereien!«, rief ein hagerer Mann.

»Ja, wartet nur, gleich taucht sie wieder auf, die Hexe«, stimmte ihm eine junge Frau mit zwei Kindern auf dem Arm zu.

Die Schaulustigen reckten die Köpfe, beugten sich zum See und warteten darauf, dass die Hexe jeden Moment wieder auftauchte. Doch stattdessen beruhigte sich die Wasseroberfläche zusehends. Es war, als hätte der See die Schwarzleiberin endgültig verschlungen.

Nach und nach verstummte die Menschenmenge. Der Scharfrichter kratzte sich an seinem breiten Kinn. Der Gerichtsschreiber spielte nervös mit einer Papierrolle. Alle starrten auf die Stelle, an der die Schwarzleiberin so plötzlich im See versunken war. Alle, bis auf Marthe und Henrich. Ihre Blicke folgten einer kleinen Blasenspur. Sie zog sich vom Steg über den See auf eine Brücke zu, die über einen kleinen Seitenzufluss des Sees führte.

Marthe ließ die Blasenspur keine Sekunde aus den

Augen. Sie hielt die Luft an, hatte die Augen weit aufgerissen und war schneeweiß im Gesicht. Sie biss sich auf die Unterlippe, damit sie zu zittern aufhörte. Die Blasenspur war jetzt fast an der Brücke angekommen. Sie war kaum noch zu erkennen. Wurden die Blasen immer weniger oder sah es aus der Entfernung nur so aus? Auf einmal lief Marthe ein eiskalter Schauer über den Rücken. Die Blasen! Sie waren nicht mehr zu sehen! Keine einzige. So sehr Marthe sich auch anstrengte, etwas zu erkennen – die Wasseroberfläche in der Nähe der Brücke war spiegelglatt. Was hatte das zu bedeuten? War Jakob die Luft ausgegangen? Hatte die Luft in der Tierblase für ihre Mutter nicht ausgereicht? Marthe presste die Hände zusammen und betete, dass ihre Mutter und Jakob nicht leblos am Grund des Harzensteinersees lagen.

Plötzlich sah sie, wie sich die Wasseroberfläche direkt unter der Brücke kräuselte. Eine Sekunde später tauchte etwas auf. Es war kaum zu erkennen. Es konnte ein menschlicher Kopf sein. Aber genauso gut auch ein Biber oder eine große Ratte. Marthe kniff die Augen zusammen. Einen Moment war sie sich fast sicher, dass es ein Kopf war. Doch im nächsten wusste sie nicht, ob es nur eine Wunschvorstellung war.

Auf einmal erklang Pferdegetrappel. Von der anderen Seite des Flussarms kam eine Gruppe Reiter auf die Brücke zu. Sie saßen auf stattlichen Pferden, deren Felle rotbraun und schwarz in der Nachmittagssonne glänzten. Die Reiter selbst waren farbenprächtig und üppig gekleidet. In ihrer Mitte ritt ein großer, schlanker Mann. Er trug einen schwarzen Hut mit einer Feder und einen schwarzen Rock mit eng anliegenden Ärmeln. Den Hals schmückte ein goldenes Tuch, an den Schuhen blitzten prächtige Schnallen.

Marthe erkannte den Mann sofort: Es war der Landherr. In der rechten Hand hielt er die Zügel, in der linken hielt er zwei Hundeleinen. An der einen Leine lief ein Dobermann, an der anderen eine Dogge. Marthe hatte den Landherrn noch nie ohne diese beiden Hunde gesehen. Sie gehorchten ihm aufs Wort. Die Leute erzählten sich, der Landherr würde ihnen mehr vertrauen als seinen Leibwächtern. Kam dem Landherrn jemand zu nahe, knurrten die Hunde sofort und fletschten die Zähne.

Als sich die Gruppe der Reiter der Brücke näherte, reckten beide Hunde unruhig die Köpfe. Der Dobermann schnüffelte in der Luft, die Dogge über den Boden. Kaum war der Landherr mit seinem

Pferd auf die Brücke geritten, fingen die Hunde an zu bellen. Der Landherr zog an den Leinen und rief ihnen einen Befehl zu. Doch die Hunde bellten weiter, noch lauter, noch drängender. Der Landherr zögerte. Normalweise bellten seine Hunde nicht ohne Grund. Er raffte die Zügel und sein Pferd blieb stehen. Die anderen Reiter taten es dem Landherrn gleich.

Der Landherr beobachtete seine Hunde mit gerunzelter Stirn. Sie standen auf der Brücke, wedelten mit den Schwänzen und bellten. Der Dobermann lief aufgeregt von einem Brückenrand zum anderen. Die Dogge versuchte, ihre Nase durch ein Astloch in einem der Balken zu stecken. Was hatten sie entdeckt? Was war es, das sie so beunruhigte? Der Landherr ließ den Blick über die Brücke schweifen. Er konnte nichts Ungewöhnliches erkennen. Der Dobermann streckte den Kopf gerade über den Brückenrand und bellte nach unten auf den See. Da erst verstand der Landherr: Seine Hunde hatten nichts *auf* der Brücke entdeckt, sondern *unter* der Brücke. Und so, wie sie bellten, war es nicht nur ein Biber.

Ein Zeichen Gottes

Marthe hatte den Landherrn die ganze Zeit beobachtet. Als sie sah, wie er jetzt auf die Wasseroberfläche starrte, stockte ihr der Atem. Seine Hunde bellten wie verrückt, zogen an den Leinen und liefen aufgeregt hin und her. Der Landherr richtete sich im Sattel auf und spähte über das Brückengeländer auf den Harzensteinersee. Doch offenbar konnte er im Wasser nichts erkennen. Er löste beide Füße aus den Steigbügeln, beugte den Oberkörper kurz nach vorne und sprang vom Pferd. Marthe legte die Hände vor den Mund und unterdrückte einen Aufschrei.

Zögernd folgte der Landherr seinen Hunden, die ungestüm an den Leinen zerrten und zu einem der Brückenpfosten drängten. Plötzlich war vom Steg ein durchdringender, grauenerregender Schrei zu hören. Sofort erstarrte der Landherr in seiner Bewegung. Selbst die Hunde verstummten. Der Landherr, die Reiter und die Hunde drehten sich um und sahen zum Steg.

Auch Marthe wandte den Kopf. Der Richter, der Gerichtsschreiber und alle anderen Umstehenden starrten, völlig reglos vor Schock, auf den Scharfrichter. Der Scharfrichter stand am Rand des Stegs. An der Stelle, wo er die Schwarzleiberin in den See gestoßen hatte. Der große, kräftige Mann schwankte. Sein Kopf leuchtete noch röter als sonst. Er hatte die Fischaugen weit aufgerissen, sein breites Kinn zitterte. In der Hand hielt er das Seil, das er der Schwarzleiberin um den Körper gebunden hatte. Er hatte es aufgerollt und starrte voller Grauen auf das lose, nasse Ende.

Am Seilende hing etwas. Es war keine Hexe. Es war kein Mensch. Es war leblos, aber dennoch mächtig.

Ein Raunen und Flüstern ging durch die Menge der Schaulustigen. Marthe schnappte nur Wortfetzen auf:

»… ein Zeichen Gottes …«

»… der Herr stehe uns bei …«

»… eine unschuldige Seele …«

Marthe reckte den Kopf, um den Gegenstand am Seilende des Scharfrichters besser sehen zu können. Sie kniff die Augen zusammen und runzelte die Stirn. »Ein Kreuz?«, flüsterte sie.

Marthe hatte richtig gesehen: Am Ende des Seils hing ein einfaches, metallenes Kreuz.

Aus den Augenwinkeln nahm Marthe eine Bewegung wahr. Sie drehte sich zur Brücke um. Der Landherr schwang sich gerade wieder auf sein Pferd. Mit einem kräftigen Ruck zog er an den Hundeleinen und trieb sein Pferd über die Brücke und auf die Menge der Schaulustigen zu. Die anderen Reiter folgten ihm.

Die Schaulustigen bildeten für den Landherrn und seine Gefolgschaft schnell eine Gasse. Kurz vor dem Steg brachte der Landherr sein Pferd zum Stehen. Er saß ab und betrat mit großen Schritten den Steg. Seine Hunde folgten ihm. »Soll das die Wasserprobe sein?«, fragte der Landherr. »Was geht hier vor?«

Der Richter trat rasch neben den Landherrn und erklärte ihm, was geschehen war.

Der Landherr nickte ab und zu, wobei er den Scharfrichter und das Kreuz am Seilende nicht aus den Augen ließ. Als der Richter geendet hatte, trat der Landherr auf den Scharfrichter zu und nahm ihm das Seil aus der Hand. Er betrachtete das Kreuz eine Weile. Unauffällig roch er daran. Dann hob er es in die Höhe.

Alle Schaulustigen sahen den Landherrn erwartungsvoll an. Die meisten blickten auf das Kruzifix, das in der Höhe schwebte und von dem noch immer Wasser tropfte, viele bekreuzigten sich und murmelten leise Gebete.

»Ehrbare Bürger und Bewohner von Harzenstein«, begann der Landherr mit kräftiger, ernster Stimme. »Die Probe des kalten Wassers der Aleke Schwarzleib ist vollzogen. Die Unschuld der Angeklagten ist bewiesen. Das«, sagte der Landherr und zeigte auf das Kreuz, »ist ein Zeichen Gottes. Er hat die Schwarzleiberin als die Seine erkannt und zu sich geholt. Möge sie in Frieden ruhen.« Der Landherr bekreuzigte sich, reichte dem Gerichtsschreiber das Seil mit dem Kreuz und trat gemeinsam mit dem Richter vom Steg.

Erst nach und nach kam Bewegung in die Menge der Schaulustigen. Viele standen noch immer vollkommen reglos da und starrten auf die Wasseroberfläche.

Die alte Grauhaarige betete.

Ein Kind fragte laut: »Mama, ist die Hexe jetzt tot?«

»Wer hätte das gedacht, eine reine Seele …«, murmelte der hagere Mann.

Die Schuhmacherin bekreuzigte sich und verschwand rasch in der Menge.

Marthe achtete nicht auf sie und all die anderen Menschen. Sie warf einen letzten Blick auf das kleine Kreuz, das der leichenblasse Gerichtsschreiber noch immer in den zitternden Händen hielt. Sie wollte sich gerade umdrehen und zur Brücke eilen, als sie eine kräftige Hand am Oberarm spürte. Marthe fuhr herum. Vor ihr stand Henrich.

»Wo willst du so schnell hin?«, fragte er.

Marthe antwortete nicht. Sie wich Henrichs Blick aus.

»Wo willst du hin?«, fragte er abermals. Leise, aber drängend.

Eine Weile sagte Marthe nichts. Schließlich murmelte sie leise: »Das weißt du doch genau, oder?«

Henrich sah Marthe ernst an. Er nickte.

»Und? Willst du mich aufhalten? Willst du es dem Scharfrichter sagen? Oder dem Landherrn?«, fragte Marthe.

Henrich musterte Marthe schweigend. »Der Richter hat angeordnet, dass zwei Wachmänner am See bleiben sollen. Erst zwei Stunden nach der Wasserprobe dürfen sie ihren Posten verlassen.« Ein Wachmann rief nach Henrich. Er nahm Marthes Hand und drückte sie kurz. »Warte bis zum Einbruch der Dunkelheit. Viel Glück.« In der nächsten Sekunde war er zwischen den Reihen der Schaulustigen verschwunden.

Marthe sah ihm einen Moment nach. »Danke«, flüsterte sie.

Erst als es dämmerte, wagte sich Marthe wieder zum See. Sie trug zwei Eimer bei sich. Sollte sie jemand aufhalten, würde sie behaupten, sie wolle Wasser holen. Der See lag verlassen in der Abenddämmerung. Der Scharfrichter, der Landherr und alle Schaulustigen waren längst verschwunden. Nichts erinnerte mehr an das grausige Geschehen vor ein paar Stunden.

In der Nähe des Stegs blieb Marthe einen Moment stehen. Sie wollte ganz sicher sein, dass sich kein Mensch mehr am See befand und keiner sie beobachtete. Alles blieb ruhig. Nichts rührte sich, bis auf ein paar Mücken, die im Abendlicht tanzten. Schließlich ging Marthe zur Brücke. Je näher sie kam, desto schneller klopfte ihr Herz. Hatte Jakobs Plan funktioniert? Würde sie ihn und ihre Mutter gleich wiedersehen? Oder … Weiter wollte Marthe nicht denken.

Mit wackeligen Beinen betrat Marthe die Brücke. Sie rief leise: »Jakob? Mutter?« Marthe lauschte, doch niemand antwortete ihr. Sie ging zum anderen Brückenende. Wieder rief sie nach ihrer Mutter und Jakob.

»Marthe? Wir sind hier!«, kam dieses Mal eine Antwort.

Marthe erkannte die Stimme sofort. Jakob! Sie eilte über die Brücke. Auf einem kleinen Rasenstück neben der Brücke lagen Jakob und Marthes Mutter. Marthe ließ die Eimer fallen, sank zwischen Jakob und ihrer Mutter auf die Knie und umarmte beide gleichzeitig. »Ihr lebt! Dem Herrn sei Dank! Ihr habt es geschafft!«

Die Schwarzleiberin nahm das Gesicht ihrer Tochter in beide Hände und sah sie eine Weile an. Dann zog sie sie an sich und umarmte sie.

»Also ist alles gut gegangen?«, fragte Marthe. Sie sah mit vor Freude glänzenden Augen zwischen Jakob und ihrer Mutter hin und her.

»Ich wusste erst nicht, wie mir geschah, als mich etwas am Fuß nach unten in die Tiefe des Sees zog. Einen Moment dachte ich, es wäre Gevatter Tod persönlich«, sagte die Schwarzleiberin. »Dann wurde mir etwas an den Mund gepresst. Zunächst verstand ich nicht, was das alles zu bedeuten hatte. Doch dann habe ich die Luft aus der Tierblase dankbar eingesogen und bin Jakob gefolgt.«

»Wir erreichten die Brücke in letzter Sekunde«, fuhr Jakob fort. »Den Rest kennst du ja.«

»Nicht ganz«, wandte Marthe ein. »Wo kam das Kreuz her? Hat es wirklich Gott geschickt?«

Jakob kratzte sich am Knie. »Nicht ganz. Es kam eher aus der Truhe meiner Mutter. Und geschickt habe ich es.«

Marthe grinste.

»Und keiner von all den Menschen am See hat etwas bemerkt?«, fragte Marthes Mutter.

Marthe zögerte. »Keiner, über den wir uns Sorgen machen müssten.« Sie hob die beiden Eimer auf und holte mehrere Kleidungsstücke hervor. »Hier, zieht euch etwas Trockenes an. Und bedeckt eure Köpfe zur Tarnung.«

Die Schwarzleiberin und Jakob schlüpften schnell in die warmen, trockenen Sachen und setzten sich die Hüte auf, die Marthe mitgebracht hatte. Dann machten sie sich auf den Weg zu Jakob nach Hause. Sie nahmen nur dunkle Gassen und Umwege, damit sie kein Bewohner von Harzenstein sah. Die ganze Zeit über redeten sie kein Wort. Sie gingen leise und so schnell es mit Marthes Mutter ging. Sie war von der Haft im Hexenturm und der Wasserprobe sehr erschöpft.

Erst als sich die Tür von Jakobs Haus hinter ihnen schloss, atmeten sie auf. Die Schwarzleiberin ging in die Kammer und sah kurz nach Jakobs Mutter. Sie schlief. Dann kam sie zurück und ließ sich auf einen Schemel sinken. Marthe stellte ihr und Jakob einen Becher süße Milch hin. »Trinkt, das wird euch stärken.«

Hastig tranken Jakob und Marthes Mutter die Milch.

»Ich habe auch noch etwas Hirsebrei«, sagte Marthe und wollte bereits in die Küche gehen.

Ihre Mutter hob die Hand. »Der wird uns später schmecken. Etwas anderes ist jetzt wichtiger. Uns bleibt vielleicht nicht viel Zeit. Habt ihr das Blutkraut?«

Jakob nickte und Marthe holte das Kraut aus der Kammer, in der Jakobs Mutter ruhte. Dann stellte sie ein paar Tongefäße vor ihre Mutter, die sie in ihrem alten Haus noch gefunden hatte. »Das waren die einzigen, die sie dagelassen haben und die nicht zerbrochen waren.«

Marthes Mutter studierte die Gefäße, nickte und

begann eine Tinktur für Jakobs Mutter anzurühren. Als sie fertig war, reichte sie die Tinktur Jakob. »Du musst sie bei deiner Mutter auf der Brust auftragen. Mehrmals am Tag, und vor allem vor der Nachtruhe. Komm, ich zeige es dir.«

Während die Schwarzleiberin seiner Mutter die Tinktur auftrug, passte Jakob genau auf.

Seine Mutter wachte auf und griff nach der Hand der Schwarzleiberin. »Danke«, sagte sie leise.

»Ich habe zu danken«, erwiderte die Schwarzleiberin. »Ohne Euren Sohn wäre ich nicht hier.«

Jakob blieb einen Moment alleine bei seiner Mutter. Sie war noch immer blass und schwach, aber er glaubte fest an die heilende Wirkung der Tinktur. »Du wirst gesund«, sagte er nachdrücklich. »Das Blutkraut wird dich heilen.«

Seine Mutter nickte und lächelte schwach.

Als Jakob wieder in die Wohnstube kam, standen Marthe und ihre Mutter an der Tür. Sie hatten Hüte auf und ihre Bündel unter dem Arm.

»Wo wollt ihr hin?« Jakob sah sie entsetzt an.

»Wir müssen fort von hier, Jakob«, sagte die Schwarzleiberin. »Jede Sekunde, die wir hierbleiben, bringen wir nicht nur uns, sondern auch dich und deine Mutter in Gefahr.«

»Aber ihr könnt doch jetzt nicht einfach gehen! Es ist mitten in der Nacht, und außerdem … wo wollt ihr überhaupt hin?«

»Ins Höllengebirge«, antwortete Marthe. »Vielleicht leben wir einige Zeit wie der alte Apotheker, bis sich der Hexenwahn gelegt hat.«

»Vielleicht ziehen wir aber auch weiter, Richtung Norden«, sagte die Schwarzleiberin.

»Wir können nicht nach Harzenstein zurückkehren«, sagte Marthe.

Jakob wurde blass. »Niemals?«

Marthe schüttelte langsam den Kopf. Sie trat auf Jakob zu und umarmte ihn. Ganz lange. »Ich werde jeden Tag an dich denken«, flüsterte Marthe in sein Ohr.

Jakob nickte. Er bekam kein Wort heraus. Er wollte nicht, dass Marthe seine Tränen sah.

Marthe wandte sich zu ihrer Mutter.

»Danke, Jakob«, sagte die Schwarzleiberin leise. Dann öffnete sie die Tür und trat mit ihrer Tochter in die Nacht.

Bevor die Tür sich hinter ihnen schloss, drehte Marthe sich noch einmal um. »Pass auf, wenn du im Höllengebirge bist und dieses Geräusch hörst«, sagte sie und stieß einen Tierlaut aus.

Die Hexenverfolgung

Die meisten Hexen wurden in Europa zwischen dem 13. und 16. Jahrhundert verfolgt. Man schätzt, dass es ungefähr 50 000 Todesopfer gab. Etwa 80 % der Opfer waren Frauen, aber der Hexenverdacht konnte jeden treffen. Leider werden auch heute noch sogenannte Hexen verfolgt, z. B. in Tansania und Südafrika. Im 20. Jahrhundert entstand aber auch ein modernes, positives Hexenbild, z. B. beim Wicca-Kult und in der spirituellen Frauenbewegung. Die Hexe wird hier als weise, starke Frau betrachtet, die im Einklang mit der Natur weiße Magie betreibt.

Jakob sah sie mit großen Augen an. »Die Rehgeiß! Das warst du?«

Marthe lächelte und nickte. Sie hob die Hand und winkte Jakob ein letztes Mal. Ihre feuchten, grünblauen Augen schimmerten in der Dunkelheit.

Jakob trat ans Fenster und sah in die Nacht. Er wusste, dass Marthe seine Freundin bleiben würde. Für immer. Wo sie auch war.